KB008578

파란
화살표

파란화살표

1판 1쇄 발행	2022년 9월 15일
지은이	전현순
발행인	이선우
펴낸곳	도서출판 선우미디어

등록 ｜ 1997. 8. 7 제305-2014-000020
02643 서울시 동대문구 장한로 12길 40, 101동 203호
☎ 2272-3351, 3352 팩스: 2272-5540
sunwoome@hanmail.net
Printed in Korea ⓒ 2022, 전현순

값 13,000원

※ 잘못된 책은 바꿔 드립니다.
※ 저자와 협의하여 인지 생략합니다.

ISBN 978-89-5658-711-0 03810

파란 화살표

전현순 수필집

선우미디어

책을 내면서

긴 세월 동안 써 온 글이건만, 막상 세상 밖으로 내보려니 망설여지고 부끄럽습니다. 여기에 들어간 글은 대부분 문예지에 실린 것들이지만 글은 쓸수록 어렵고 삶이 곧 수필임을 새삼 깨닫습니다.

지명에 들어서고 수필을 알게 되었습니다. 오랫동안 내 안에서 꿈틀대고 있던 문학에 대한 열망과 그리움이 비로소 수필반을 다니면서 구체화 되었습니다.

첫발을 내디디고는 얼마나 설렜던지요. 등단 소감에서 독자에게 위안을 주는 글을 쓰겠다고 당차게 다짐했지만, 오히려 위로를 받은 것은 나 자신이었습니다. 글을 쓰면서 내 안의 아픔과 슬픔 같은 것을 다독거리며 풀어내다 보니, 보이지 않던 또 다른 길이 보이고 내면이 조금씩 깊어짐을 느낍니다.

내가 수필의 세계를 알지 못했다면 지금의 나는 어떤 모습으로 살고 있을까요. 아마도 본연의 나와 동떨어진 전혀 다른 낯선 모습으로 살고 있지 않았을까요. 수필은 나에게 진정한 나를 찾도록 이끌어주는 '파란 화살표'였을지도 모릅니다.

　유난히 헤맸던 내가 다시 돌아와 글을 쓸 수 있도록 끊임없이 이끌어 주시고 격려해 주신 산영재 선생님께 깊은 감사와 존경을 드립니다.
　그동안 함께 공부한 목요반 문우들께도 고맙고 행복했다고, 감사의 마음을 전합니다.

2022년 초가을

전현순

차례

4부 까치밥

5부 나를 성장시키는 수필

1부

플라멩코의
꿈

현란한 조명의 무대 위에서 울부짖고

노래하는 집시의 춤.

이것은 집시들의

한 많은 삶과 운명에 대한 몸부림이었다.

나는 왜 진작 알아채지 못했을까.

집시들이

그토록 혼신을 다해 추는 춤을

왜 자유와 낭만의 상징으로만 알고 있었을까.

-〈플라멩코의 춤〉 중에서

해돋이

자정이 가까운 시간인데도 청량리역은 사람들로 북적거렸다. 정동진행 마지막 열차를 타기 위해서다. 한 달 전에 예약해야 살 수 있다는 주말 밤의 이 기차표를, 오늘 마침 예약이 취소된 표가 있어서 운 좋게 구할 수가 있었다. 사흘 동안이나 연이어 비가 왔지만, 내일은 갠다고 하니 이 얼마나 또 다행한 일인가.

지난겨울은 모두가 힘들었다. 'IMF 한파'라는 어려움이 온 나라에 덮쳐 기업은 연일 쓰러지고 가장은 직장을 잃었다. 한 치 앞도 내다볼 수 없는 불안감으로 남편도 잠을 설치는 날이 많았다. 머리를 식히고 어떤 활로를 찾고 싶어 하는 그에게 나는 해돋이의 장관을 보여주고 싶었다.

밤이 깊어지자 기차 안은 무거운 침묵이 흘렀다. 의자에 깊숙이 몸을 기댄 채 뒤척이는 사람, 팔짱을 낀 채 한숨을 토하는 사람, 모두 편히 잠을 이루지는 못하는 것 같았다. 어슴푸레한 불빛 때문인지 모습들이 피곤해 보인다. 남편도 눈을 감은 채 말이 없기에 나는 차창에 얼굴을 대고 밖을 내다보았다. 칠흑 같은 어둠 속에 마을을 지나는지 불빛이 반짝 보인다. 문득 그 불빛에 그리운 고향 바다를 떠올린다.

　산모롱이를 지나면 갯내음이 물씬 풍기는 그 광활한 바다. 어둠을 몰아내며 새벽을 뚫고 오는 고깃배의 불빛은 시험공부 한답시고 밤을 지샌 우리의 지친 마음을 얼마나 감동을 주었던가. 그보다도 수평선 너머로 떠오르는 태양은 또 얼마나 황금빛으로 찬란했던가. 그 일출의 장관을 보면서 꿈과 희망에 찼던 학창 시절을 보낸 것이 엊그제 같건만, 지금은 생활에 지친 남편과 함께 밤 기차를 탄 중년의 아낙이 되었다.

　정동진역에 내리자 새벽바람이 옷깃을 여미게 한다. 붉은 깃발로 열차를 세우던 역무원이 입김을 날리며 서 있는 모습이 이채롭다. 역을 나서자 바닷바람에 가지가 휘어진 소나무 한 그루가 우리를 반기고, 그 뒤로 넓은 바다가 윤곽을 드러냈다. 숨을 크게 들이마셔 본다. 짭쪼롬한 갯내음, 고향의 냄새. 간

밤의 피곤이 확 풀리는 것 같다. 그제야 둘러보니 백사장엔 사람들로 빽빽하다. 모두 바다를 향해 서 있는 모습이 여행자의 낭만이라기보다 무슨 비장한 각오를 한 투사처럼 진지해 보인다.

그러나 아무리 기다려도 해가 뜰 기미는 보이지 않고, 수평선은 잿빛으로 가늠하기조차 힘들다. 얼마나 기다렸을까. 사람들의 웅성거림에 동남쪽을 쳐다보니, 낮달 같은 희미한 해가 구름 사이에서 우산을 펴듯이 솟아올랐다가 힘없이 사라진다. 다들 멍하니 쳐다보며 허탈한 표정이다. 해는 두세번 숨바꼭질을 하는 듯하다가 구름에 아주 가려 버렸다. 잔뜩 기대했던 해돋이에 대한 희망은 아쉽게도 사라지고, 우리는 말 없이 바닷가를 거닐었다. 거친 물결 따라 파도는 수없이 거품을 토해내고 스러진다. 텅 빈 가슴속을 파도 소리가 훑고 지나간다.

그때였다. 음악 소리가 크게 들리는가 싶더니 삽시간에 사람들이 모여들었다. 시가 읊어지고 노랫소리가 바닷가를 온통 뒤덮는다. 빠른 걸음으로 다가가 보니, '불우한 이웃 은진이 돕기 해돋이 콘서트'라고 적힌 현수막이 바람에 휘날리고, 젊은이들이 열정적으로 노래를 부르고 있었다. 그 노랫소리는 기타 반주와 어우러져 망망대해로 퍼져나가고, 머리카락을 바람에 날리며 취한 듯이 눈을 감고 노래하는 그들의 모습에 우리는 모두 하나가 되어감을 느꼈다.

성금함에는 순식간에 지폐가 수북이 쌓여갔다. 거기에 지폐를 넣는 남편의 상기된 얼굴을 보자, 순간 짜릿한 감동이 느껴졌다. 사실 우리는 각박한 현실을 살아가느라고 나보다 더 힘든 이웃에게 마음을 쓸 여유가 없지 않았던가. 그런데 이 힘들고 어려운 시기에, 젊은이들이 불우한 이웃을 돕는다는 그 열기가 모두의 마음속에서 따뜻한 온정을 불러일으킨 것 같았다. 나는 이것이야말로 우리의 참모습일 거라는 생각이 들었다. 성금함에 쌓이는 지폐와 그 열기를 보면서 어떤 어려움과 고난도 이겨낼 수 있으리라는 확신이 들었다.

새벽에 보지 못한 해돋이가 가슴속 깊은 곳에서 마음의 해돋이로 환하게 떠오르는 것 같은 느낌이었다.

삼월 초하루의 아침이 성큼 밝아왔다.

(2001. 봄)

이웃에 도움이 되지 않아요

창가의 햇살이 따사로운 아침이다. 이제 겨우 십이월 초입인데 내일은 영하 10도까지 내려간다니, 올겨울의 추위가 만만치 않을 기세다. 신문을 펼쳐 든다. '기업인이 앞장서야 결혼문화 빨리 바뀌어… CEO들 뭉쳤다.' 큰 글씨로 제목을 단 '작은 결혼식 캠페인' 기사가 신문 한 면을 가득 채웠다.

언제부터인지 우리 사회는 호텔 결혼식이나 과다한 혼수로 호화 결혼식이 성행하고 있다. 한두 명밖에 낳지 않는 자식들의 결혼식을 최대한 빛나게 해 주고 싶은 부모의 마음이 급기야는 사회의 병폐로 번져 서민들에게는 '부모의 눈물로 울리는 웨딩마치'가 되어버린 것이다. 이렇듯 무리하게 부유층의 허세를 따르려 보니, 어떤 부모는 대출을 받아 집이 날아가고 또 어떤 부모는 카드빚으로 가정이 파산되기도 한다. 이런 참에 사회 지도층들이 결혼문화를 바꾸는 데 앞장서겠다고 하니 얼마나 흐뭇한 일인가. 추운 날 아침, 따뜻한 온기를 느끼게 해주는 이 훈훈한 기사를 읽으며, 오래전 한 외국 신부님을 떠올린다.

내 나이 삼십 대 중반, 이제 막 신앙에 입문하여 마음이 맑을 때의 일이다. 신참내기인 나에게도 반장 일이 주어졌다. 주임 신부님은 파란 눈을 가진 아일랜드 선교사였다. 반장에게는 때때로 신부님을 모시고 중환자가 있는 가정을 방문하기도 하는 막중한 일이 주어지기도 했다.

어느 추운 겨울, 사경을 헤매는 환자가 있다는 연락이 왔다. 신부님을 모시고 골목길을 한참 들어가니 다닥다닥 붙어 있는 쪽방 동네가 나왔다. 공동 화장실에 오물이 넘쳐 빙판이 된 곳을 조심스럽게 걸으며 바로 이웃에 이런 곳이 있다는 사실에 당혹감을 느꼈다.

온기조차 없는 방에 환자는 동공이 풀린 채 누워 있고 눈망울이 똘망똘망한 어린아이들과 눈가가 젖은 부인이 신부님을 구세주인 양 맞아들였다. 보험도 없던 시절, 병원에 갈 수 없어 고통을 신앙으로 극복하려 했던 가난한 사람들. 신부님은 환자의 손을 잡아주고 아이들을 쓰다듬으며 위로했다. 며칠 뒤에 이 환자는 세상을 떠났다. 장례미사는 초라했고 운구는 리어카에 실려 나갔지만, 그 어느 때보다 신부님은 정성을 다해 기도하시는 것 같았다.

얼마 후, 또 한 교우가 말기 암으로 힘들어한다는 연락이 왔다. 마당이 넓은 이층집이었는데 거실에는 고급 양주와 도자기가 잘 배치되어 있어 한눈에도 가세가 부유해 보였다. 환자는 데레사라는 세례명을 가진 29세의 아가씨로 그 시절로는 노처녀였다. 그의 어머니는 시집도 못 간 막내딸이 큰 병을 앓게 되자 노심초사 넋이 나가 있었다. 어머니는 신자가 아니었지만 딸이 다니는 성당에서 나와 기도도 해 주고 관심을 가져주니 여간 고마워하지 않았다.

그 후 딸의 고통이 심할 때마다 데레사 어머니는 시도 때도 없이 전화로 호소를 해왔고 그럴 때마다 나는 신부님을 모시고 반원들을 불러 묵주기도를 하러 갔다. 그러면 신기하게도 그는 통증이 가시는지 편안한 모습이 되어 잠이 들곤 했다.

어느 때는 새벽 3시에 위급하다는 전화를 받고 황급히 간 적도 있었다. 달빛 아래 가로수의 그림자가 유령처럼 일렁거리고 어디선가 개 짖는 소리에 발걸음이 떨어지지 않았지만 희한하게도 무서운 마음은 들지 않았다.

　돌아오는 길, "아픈 이웃이 많네요."라고 말하는 신부님의 목소리는 젖어 있었다. 신부님에게 미안하고 송구했다. 내심 이웃을 도우러 가는 길이라 밤길도 무섭지 않다며 스스로를 추켜세우던 내 얄팍한 마음이 부끄러웠다.

　그러던 데레사가 끝내 영원히 잠이 들었다. 그런데 장례미사를 치른 그 이튿날 신부님이 반장인 나를 불러 데레사 어머니에게 전해 주라고 하시며 두툼한 봉투를 내밀었다. 영문을 몰라 어리둥절해 있는 나에게 "이웃에 도움이 되지 않아요."라며 장례미사 예물이 너무 많다고 하시지 않은가.

　액수가 얼마인지는 모르지만 나는 데레사 어머니께 신부님의 뜻을 전하며 예물을 돌려 드렸다. 그녀는 난감해하며 그동안 성당에서 너무 잘해 주셔서 딸을 시집보내는 심정으로, 혼수를 해 준다는 생각으로 했을 뿐이라고 말끝을 흐렸다.

　나는 잠깐 혼란스러웠다. 부유한 가정이었고 우리는 데레사의 마음의 평화를 위해 정성껏 기도했으며 그 어머니는 그런 성당에 고마운 마음을 표현한 것뿐이다. 그 예물은 어쩌면 불우한 이웃을 위해 요긴하게 쓰일 수도 있다. 예물이 많은 것이 무엇이 문제가 되는가. 하지만 조금 더 생각하자 신부님과 병자 기도를 다녔던 쪽방 마을이 머리에 떠올랐다.

신부님은 그 예물을 받고 쪽방 마을의 가난한 이웃을 먼저 생각하셨을 것이다. 마음을 표현하고 싶어도 예물은 고사하고 장례조차 제대로 치르지 못하는 이웃들. 이렇게 큰 예물은 그들 자신을 얼마나 더 초라하게 만들겠는가.

결국 데레사 어머니는 장례미사 예물을 다시 거둬들였고 그 예물은 다른 방식으로 어려운 이웃을 돕는 데 나누어 쓰였다고 한다. 또한 불우한 이웃을 위한 신부님의 깊은 마음에 감동을 받아 성당에도 다니게 되었다.

우리는 때때로 이웃을 생각지 못하고 나 자신만을 위해서 행동을 한다. 마음이 추운 사람이 많아지는 요즈음, '이웃에 도움이 되지 않아요.' 파란 눈의 신부님의 어눌한 이 한 마디가 내 가슴을 파고든다.

(2013. 봄)

플라멩코의 꿈

우리 집 거실 텔레비전 앞에는 춤추는 인형이 하나 있다. 돌아서며 바람을 일으킬 것 같은 생동감으로 가득 차 있는 플라멩코 인형이다. 부풀어 오른 긴 드레스 사이로 구둣발을 살짝 치켜든 모습은 금방이라도 땅을 차며 발을 구르는 스텝 소리가 들릴 것만 같다. 타각타각 딱 타각, 구두 굽 소리, 손뼉 소리….

비장한 눈매와 처연한 표정의 무희가 혼신을 다하여 추던 집시의 춤 플라멩코. 어느새 나는 여행길에 올라 스페인의 그라나다로 달려가고 있다.

"오늘 저녁은 스페인 여행의 꽃이라고 할 수 있는 플라멩코 공연을 보실 테니 화장도 좀 고치시고 성장(盛裝)을 준비하신

분은 옷 갈아입고 나오세요."

고단한 하루 일정이 끝나자 현지 안내인이 선심 쓰듯 말했다. 대부분 편한 옷과 신발로 가벼운 차림이었으나 놀랍게도 한복까지 준비해 온 사람도 있었다. 하지만 여행객의 단출한 옷차림 위에 살짝 숄을 두르고 귀걸이만 해도 그야말로 축제 분위기로 바뀌었다.

어쩌면 우리도 그들과 함께 어울려 집시의 뜨거운 열정과 낭만을 만끽할 수 있지 않을까 하는 기대감에 부풀었다. 틀에 박힌 일상에서 일탈을 꿈꾸는 여행객들의 내면, 우리는 플라멩코를 통해 한없이 자유로운 집시들의 영혼을 흉내 내고 싶었는지도 모른다. 텔레비전에서 보던 그 정열적이고 화려한 집시의 춤, 눈부신 태양 아래 유랑하는 그들의 낭만적인 삶을 떠올리며 우리는 모두 들떠 있었다. 게다가 이곳은 전통적인 플라멩코의 진수를 볼 수 있는 이름난 곳이 아닌가.

언덕을 힘겹게 올라 알바이신 소극장 앞에 서니 휘황찬란한 불빛에 잠긴 시내가 한눈에 내려다보였다. 마당에는 축제 무드에 젖은 여행객들이 저마다 자기 나라 민속 옷을 입고 조명에 따라 출렁대며 사뭇 잔치 분위기였다. 예약된 시간을 기다리는 것이 조금도 지루하지 않았다.

좁고 어두운 극장 안, 줄지어 선 의자는 삐걱거리고 시설은 열악했다. 가득 찬 사람들로 발 디딜 틈 없이 혼잡스러웠지만 나는 운 좋게도 무대 바로 앞자리에 앉을 수 있었다. 얼음이 동동 뜬 상그리아 한 잔으로 옆 사람과 축배를 들자 붉은 조명이 켜지면서 손뼉과 발장단에 맞춰 춤사위가 시작되었다.

　플라멩코 특유의 구성진 노래와 기타 반주 속에 나무상자를 놓고 그 위에 앉아서 손바닥으로 치고 발을 구르는 엇박자의 강하고 야무진 소리가 신비스러웠다. 곧이어 치렁치렁한 검은 머리의 가무잡잡한 무희가 긴 드레스를 끌며 빙글빙글 휘돌자 치맛자락이 펄럭이고 남자 무용수들이 동시에 발을 구르는 스텝 소리가 무대를 달구었다. 우리도 어느새 손뼉을 치며 분위기에 휩싸였다.

　그러나 춤이 고조에 달하자 마냥 흥겹고 신나던 분위기가 무겁게 가라앉았다. 폭풍과도 같은 기타 연주는 관객들을 압도하고 구두 굽으로 두들기는 리듬이 심장까지 두들겨 대는 듯 가슴을 후벼 팠다. 신이라도 들린 듯, 강렬한 눈빛과 격정적인 몸짓으로 무희가 처절한 몸부림을 치자 머리핀이 객석으로 날아가 떨어졌다. 남자 무용수의 애수에 찬 눈동자, 두 손은 가슴을 뜯었다. 심각한 표정으로 고뇌를 이기려는 듯 긴 머리채를 뒤로 확 젖히니 땀이 무대 위에 쫙 뿌려졌다.

관객 모두가 긴장한 채 숨을 죽였다. 사람들의 얼굴에서 표정이 사라졌다. 환호 소리나 웃음소리는 없어진 지 오래다. 침도 삼키기 힘든 정적에 숨이 막힐 것 같았다. 무희들의 고통스런 몸짓에 우리도 전염되고 있었다.

이제 더 이상 집시의 낭만은 볼 수가 없었다. 아, 그들이 춤으로 뱉어내고 있는 것은 한(恨)이로구나. 순간 ≪서편제≫의 애끓는 판소리와 영화의 한 장면이 그들과 겹쳐졌다. 서편제가 가슴속으로 삭히는 한이라면 플라멩코는 밖으로 발산하는 한이라는 생각이 들었다.

현란한 조명의 무대 위에서 울부짖고 노래하는 집시의 춤. 이것은 집시들의 한 많은 삶과 운명에 대한 몸부림이었다. 나는 왜 진작 알아채지 못했을까. 집시들이 그토록 혼신을 다해 추는 춤을 왜 자유와 낭만의 상징으로만 알고 있었을까.

내일을 기약할 수 없는 떠돌이 삶. 어느 곳에서도 환영받지 못하고 때로는 침략자의 첩자로 때로는 재앙을 몰고 온 화근으로, 뭇 사람들의 손가락질을 받으며 방랑 생활을 했던 집시들의 끝없이 천대받고 쫓겨 다니는 모습이 그려졌다. 그 시름을 잊기 위해 자신들만의 축제를 벌이면서 노래를 부르고 손과 발을 사용하는 리듬을 만들어 마음을 달랜 것은 아닐까. 이곳에 와서 본고장의 전통춤을 통해 그들의 삶을 반추해 보니 새삼 마음이 애잔해졌다.

세월이 가고 시대가 바뀌면서 플라멩코는 한을 담은 집시들의 몸짓을 초월하여 이제는 열정적이고 낭만적인 스페인의 대표적인 민속춤이 되었다.

하지만 내면의 감정을 분출하는 강렬한 느낌, 현란하고 격정적인 동작 속에서 나는 플라멩코의 꿈을 보았다. 비탄과 절망을 춤과 음악으로 승화시켜 자신의 한을 풀어내고 방랑이 끝나기를 열망하는 집시의 꿈을.

(2011. 봄)

아버지의 눈빛

　찬 바람이 부는 겨울이 왔다. 아버지의 기일이 다가오고 있
다. 작년 이맘때 아버지는 일 년 반 동안의 힘들었던 병원 생활
을 접고 저세상으로 가셨다. 왜 이렇게 아득하게 느껴지는 것
일까. 남들은 기일이 다가오면 '벌써 세월이 이렇게 흘렀구나.'
하고 생전의 모습을 엊그저께 같이 떠올린다는데, 투병 생활이
너무 힘들었던 탓일까.

　자식들이 찾아뵈면 몸은 간병인에게 맡긴 채 눈으로만 말씀
을 하시던 아버지, 나는 그 간절한 눈빛이 떠올라 목이 멘다.

　아버지가 처음 뇌졸중으로 쓰러지신 건 이십여 년 전이었다.
다시 못 일어나시면 어쩌나 하는 불안감으로 이 병원 저 병원
을 전전하며 애를 태웠지만, 아버지는 끈질긴 투병 끝에 거의
완치되다시피 건강을 되찾으셨다. 하지만 몇 년 후 두 번째로

쓰러지시면서 치매까지 걸리셨다.

아버지를 병원에 다시 입원시키면서 우리 자식들은 절망스러운 마음으로 침묵을 지켰다. 그러던 아버지가 정말 기적적으로 조금씩 조금씩 맑은 정신으로 돌아오기 시작했다. 입원한 지 한 달이 조금 지나 아버지를 다시 집으로 모셔오면서 나는 얼마나 기뻤는지 모른다. 치매란 한 번 걸리면 좀처럼 돌아오지 않는 불치병에 가깝다지 않은가.

그 후 아버지는 건강을 위해 좋다는 것은 무엇이든 마다하지 않으셨다. 매일 일정한 시간에 산책을 나가고, 식사도 건강식으로 때맞추어 드셨다. 또한 신앙심이 투철했던 아버지는 새벽 기도로 하루를 시작하고 늘 감사하는 마음으로 손에서 성경책을 놓지 않으셨다.

그러던 아버지가 다시 쓰러지셨다. 이번엔 거동은 물론 대소변도 가리지 못하고 말씀까지 어눌해지셨다. 결국 병원에 다시 입원을 할 수밖에 없었다. 병실에는 몸을 가누지 못하는 중풍 환자와 시도 때도 없이 서글픈 노래를 부르는 치매 환자, 당뇨 합병증으로 식사마저 거부하는 눈이 먼 환자도 있어 그들을 바라보는 아버지의 눈빛은 연민에 차 있었다. 아버지는 몇 번이나 다시 일어나셨던 경험 때문인지 이번에도 또다시 회복되리라고 확신하시는 듯했다.

"나를 일으켜라, 운동을 해야겠다."

알아듣기 힘든 어눌한 말씀이지만 아버지의 눈빛은 그렇게 말하고 있었다. 보조 기구에 의지한 채 걸음마를 연습하고 우리가 잡아 드리려고 하면 손을 뿌리쳐 혼자 걸어 보려고 애썼다. 의사 선생님도 환자의 의지가 강해 곧 좋아질 수 있을 것 같다고 용기를 주었다.

건강하셨을 때는 자주 찾아뵙지 못했던 자식들이 사흘이 멀다하고 번갈아 오자 아버지는 흐뭇한 눈빛으로 바라보시곤 했다. 그러다가도 좀 오래 머문다 싶으면 이제 그만 집에 가라고 배려까지 하시지 않았던가.

이렇게 희망을 갖고 시작한 병원 생활이지만 달이 가고 계절이 바뀌면서 아버지의 병세는 호전되기는커녕 점점 나빠졌다. 그렇듯 의지로 가득 찼던 아버지의 눈빛은 차차 흐려지고 치매 기운마저 도지기 시작해, 어느 자식이 왔다 간지도 모르고 엉뚱한 행동을 하기도 했다. 급기야는 변을 만져 벽에 칠하기도 해 간병인이 "교장 선생님이 이런 행동을 하시면 어떻게 해요?" 하고 나무라니 금세 눈빛이 순해지며 정신이 돌아오는 듯 잠잠해지셨다.

무의식 저 밑바닥에는 의식이 있는 것 같았다. 아버지는 때때로 당신의 상태를 아는 듯 보였다. 막무가내로 집에 가야 한다고 일어나려 하다가 침대 난간에 긁혀 상처가 나기도 하고, 한 움큼이나 되는 약을 뱉어 우리를 쩔쩔매게도 했다. 또한 절망에 찬 눈빛으로 한 곳을 응시하다가 하염없이 먼 곳을 바라보기도 하셨다.

그러던 어느 날이었다. 그날도 나는 여느 때와 같이 점심 식사 시간에 맞추어 병원에 갔다. 식사를 도와 드리기 위해서였다. 물수건으로 손과 얼굴을 닦아 드리고 반찬을 밥에 얹어 "아버지, 아~ 하세요." 하니 아기처럼 입으로 받아 드셨다. "꼭꼭 씹어 잡수세요." "천천히 드세요." 나는 입 언저리를 닦아 드리며 어린애 다루듯 다독거렸다. 마지막으로 양치질까지 해 드린 다음, "개운하세요?" 하고 여쭈어 보니 나를 빤히 쳐다보셨다. '그래, 고맙구나.' 아버지의 눈빛은 따뜻했다. 다른 때 같으면 눈을 감아 버리거나 시선을 피하던 아버지가 아니었던가. 밥상을 치우고 뒷정리를 하는데 아버지의 시선이 나를 따라왔다. 아버지와 눈을 맞추었다. 나는 그 눈빛을 읽으려고 애를 썼다. 한없이 허허롭고 애절해 보이던 눈빛….

아버지는 무슨 말을 하시고 싶었을까. 아니 어쩌면 나는 이미 알고 있었는지 모른다. 이미 이 세상을 떠나실 것을 알고 계시는 눈빛, 하지만 차마 우리를 떠나고 싶지 않은 눈빛, 아버지의 눈빛은 '내가 얼마나 너희를 사랑하는지 알지?'라고 말하시는 것 같았다. 나는 아버지를 가만히 안아 드렸다.

아버지는 얼마 후 눈을 감으셨다. 아버지의 마지막 눈빛은 편안해 보였다. 모든 애착을 놓아 버린 듯이.

(2008. 봄)

원더풀 미나리

시골집에서 산책하다가 다랑논 옆 도랑에서 미나리를 발견했다. 물이 자작하게 흐르는 도랑가에 파란 미나리가 갈대숲 옆에서 말간 얼굴을 내밀고 있었다. 미나리를 심으려고 기웃거리던 차에 얼마나 반가운지 "미나리다!"라고 소리쳤다. 함께 가던 남편을 졸라서 집으로 되돌아가 호미와 비닐봉지를 준비해 장화까지 바꾸어 신고 미나리를 캤다.

텃밭 옆에는 우람한 참나무가 그늘을 드리워 햇빛을 좋아하는 채소를 가꾸기엔 적당치 않아 응달에도 잘 자라는 머위와 취나물 같은 야생의 것들을 심었더니 무성하게 잘 자란다. 한번 뿌리내리면 다시 심지 않아도 저절로 퍼져 공으로 얻는 것 같은 자연의 먹거리다. 여기에 힘을 얻어 야생인 미나리도 우

묵한 이곳에 심으면 좋을 것 같아 눈여겨 보아왔는데, 미나리
를 발견했으니 얼마나 신이 났겠는가. 갈잎을 모두 걷어내고
미나리를 심고 나니 허리가 뻐근하다. 호스로 물을 흥건하게
주고 이튿날 새벽같이 일어나서 다시 미나리를 보러 갔다. 그
런데 어찌 된 일인지 물은 새어 버리고 미나리는 힘없이 처져
있다. 또 물을 듬뿍 주며 '차차 땅이 굳어 물이 고이면 잘 크겠
지.' 애써 걱정을 접는다.

　원래 물가나 습한 곳이면 어디서든 잘 자라 한 해에 여러 번
잘라먹을 수 있는데다, 독특한 향과 연한 질감 때문에 사람들
로부터 사랑을 받는 미나리. 이런 미나리를 나도 한 번 꼭 심어
보고 싶었다. 게다가 이른 봄이면 돌나물 물김치, 미나리 전,
미나리 강회, 미나리 무침 같은 상큼한 감칠맛으로 입맛을 살
릴 뿐 아니라, 피를 맑게 하고 간 기능을 좋게 하여 피로를 풀
어 준다니 얼마나 유익한 야채인가. 미나리가 자라면 제일 먼
저 미나리가 듬뿍 들어간 돌나물 물김치를 담그리라. 묵정밭에
소복소복 돋아나는 쑥을 뜯어 쑥개떡을 만들어 함께 먹으면 얼
마나 향긋하고 상큼할까.

　그러나 봄이 가고 여름이 지나도 미나리는 심한 몸살을 앓는
듯, 겨우 형체만 살아 비실거렸다. 이대로 포기해야 하나? 그

래도 미련이 남아 다음 봄까지는 기다려 볼 심산이지만, 가을이 오자 갈잎이 쌓여 미나리는 형체도 없이 사라졌고, 차차 마음속에서 잊혀져 갔다.

지난겨울은 혹독하게 추웠다. 뜰 안 배롱나무도 죽고 감나무도 싹을 틔우지 못해 우울한 마음에 젖어 있다가, 불현듯 잊고 있던 미나리가 생각나 미나리꽝에 가 봤다. 그런데 입춘이 지나 봄빛이 도는 미나리꽝에 푸른 기운이 도는 것처럼 보인다. '혹시 살아날지도 몰라.' 작은 희망의 씨를 품고 나는 다시 서울로 돌아왔다.

자연에서 일상으로 돌아와 보니, 영화 ≪미나리≫가 온 매스컴을 달구고 있다. 미나리가 골든 글로브 외국어 영화상을 수상하고, 윤여정이 아카데미 조연상 후보에 올랐다고 연일 대서특필이다. 제목이 ≪미나리≫라니, 한동안 미나리에 집착하던 터라 궁금하여 코로나의 무서움도 떨쳐 버리고 극장엘 갔다.

낯선 땅에 정착하는 한국인 이민 가족이 농장을 일구며 아메리칸 드림을 꿈꾸는 이야기다. 도대체 이민자의 삶과 미나리가 어떤 연관성이 있는 것일까.

영화는 제이콥이 가족을 이끌고 아칸소주에 있는 트레일러 집으로 이사하는 장면으로 시작된다. 넓은 초원에 잡초는 무성하고 아이들은 신이 나서 뛰어다니지만, 아내 모니카는 심란하다. 바퀴 달린 집도 낯설고 주위에는 집도 사람도 보이지 않는 허허벌판이다. 가족들에게 뭔가 해내는 걸 보여주고 싶은 제이콥은 자신만의 농장을 갖는 것이 꿈인데 이를 불만스럽게 여기는 모니카와 자주 다툰다. 결국 모니카도 일을 찾고, 아직은 어린 두 아이를 돌봐줄 친정어머니(윤여정)인 순자가 오기로 한다. 얼마 후, 가방 가득 고춧가루, 멸치, 한약 그리고 미나리 씨를 가지고 한국에서 온 할머니가 도착한다. 처음 본 할머니는 손자 데이빗이 생각했던 할머니와 달리 '할머니 같지 않은 할머니'다. 쿠키도 굽지 못하고 일도 안 한다. 그러나 심장이 아픈 손자에게 "데이빗아, 너는 스트롱 보이야. 할머니가 본 사람 중에서 제일 스트롱 보이야."라는 말을 해주는 멋진 할머니다. 늘 부모로부터 "뛰지 마, 데이빗!"이란 말만 들어온 데이빗, 스트롱 보이라는 말을 처음 듣고 데이빗의 눈동자는 환하게 빛난다. 순자는 한국에서 가져온 미나리를 농장 근처 물가에 심는다. 그때 데이빗에게 해주는 미나리에 대한 설명은 이 영화의 성격을 대변해 주는 것 같다. "미나리는 잡초 같아서 어디서든 잘 자란단다. 부자든 가난한 사람이든 누구든 뽑아먹을 수 있고, 아플 땐 약으로 먹으면 건강하게 해주지. 미나리는 원더풀!" 이 말을 들은 데이빗은 '미나리는 원더풀! 원더풀 미나리!'라며 노래를 지어 부른다.

여러 사건을 겪으면서 할머니와 데이빗은 점점 가까워지지만, 부부의 갈등은 해결되지 않는다. 갈등이 절정으로 치달아 가족이 와해 될 위기의 순간에 일어난 큰 화재! 몸이 불편한 할머니의 실수로 일어난 불은 제이콥의 농작물 보관 창고를 처참하게 다 태워 버렸다. 혼비백산하여 넋이 나가 떠나려는 할머니를 아이들이 간곡히 붙잡는다. 그날 밤, 이들 가족 4명이 거실 바닥에 누워 곤하게 자는 장면을 하염없이 내려다보는 할머니 순자. 그다음 장면은 다시 씩씩하게 농장에서 일하는 가족의 모습이다. 그리고 서로를 이해하게 된 시점에 다시 미나리가 등장한다. 모든 걸 잃었지만, 그전보다 더 단단하게 뭉쳐진 이 가족은 어떤 난관도 헤치며 스스로 자라는 미나리를 닮았다. 아들과 함께 미나리꽝에 온 제이콥이 "알아서 잘 자라네, 할머니가 좋은 자리를 찾으셨어. 맛있겠다."라고 말하는 장면은 매우 인상적이었다.

4월 중순 예상대로 윤여정이 아카데미 여우주연상을 수상했다. 그즈음 나는 오랜만에 다시 시골로 내려갔다. 그런데 이게 웬일인가. 미나리가 새파랗게 자라 미나리꽝을 가득 채우고 있는 광경이라니! 전혀 기대할 수 없는 현실이 영화가 되어 있었다. 나는 봄바람에 살랑이는 미나리를 바라보며 자신도 모르게 '원더풀 미나리!'를 외쳤다.

(2021. 가을)

밤에 온 불청객

눈이 반짝 떠졌다. 시계를 보니 1시 30분, 한밤중이다. 오늘도 실패다. 10시 30분에 잠자리에 들었으니 딱 3시간 잔 셈이다. 안 돼. 더 자야 돼. 이불을 턱밑까지 끌어올려 엎치락뒤치락 잠을 청해 보지만 눈은 점점 더 말똥말똥해진다.

"자다 깨면 약을 드세요. 괜찮아요." 부작용이 생길까 봐 걱정하는 나에게 의사는 그렇게 안심시켰지만, 먹을 때마다 찜찜했다. 또 수면제를 먹어야 하나? 수면제에 대한 갈등 10분. 왜 또다시 불면증이 시작된 걸까? 불면증에 대한 고민 10분. 그리고 이어지는 여러 가지 생각, 생각, 생각들. 그것들은 온갖 상념과 함께 부나비처럼 머릿속을 들락거린다. 다시 시계를 보니 2시 30분이다. 그래. 지금이라도 먹자. 나는 오늘도 수면제 반

알을 먹고 다시 억지로 잠을 청한다.

불면증이 생긴 지도 벌써 십여 년이 훌쩍 넘었다. 아무리 나이를 먹고 난 후의 일이라지만, 젊을 때 눈만 감으면 잠이 들었던 내가, 아이 셋을 키우며 항상 잠이 모자라 실컷 잠을 잘 수 있는 날만을 바라고 바랐던 내가, 이렇게 '불면증'이란 불청객을 십여 년이나 곁에 두게 될 줄은 꿈에도 몰랐다. 이쯤 되면 반갑고 고마운 친구는 아니더라도 어떤 끈질긴 인연의 끝을 서로 잡고 있는 숙명적인 친구 정도라고 생각해 볼 법도 한데, 그래도 너무 날 괴롭히는 존재여서 아직 '친구'라는 정겨운 이름을 붙여주기는 싫다.

불면증이 두려운 건, 그다음 날 피곤하고 무기력해져 생활에 직접적인 악영향을 끼치고 건강에 막대한 손실을 가져 오기 때문이다. 심지어 아침 일찍부터 아침밥을 준비해야 하는 나 같은 주부는 더욱 괴롭다. 더군다나 불면증 자체가 주는 막막한 고통은 또 어떤가. 남들 다 자는 한밤중에 깨어나 다시 자 보고자 무지 애를 써야 하는 혼자만의 싸움. 적막하고도 지긋지긋한 시공간이 주는 막막함은 겪어 보지 않은 사람은 절대 모른다.

누가 서울을 잠들지 않는 밤이라 했는가. 새벽 2시의 서울은 확실하게 잠들어 있다. 창밖을 하염없이 내다봐도 휘황찬란한 불빛 같은 건 없다. 생기 없이 띄엄띄엄 켜져 있는 희미한 불빛은 아예 깜깜한 시골 밤보다 훨씬 더 쓸쓸하다.

언젠가부터 잠이 오지 않는 날에는 '불면증'이라는 것 자체에 대해 생각해보는 습관이 생겼다. '불면증'의 가장 커다란 적은 '생각'이라지만, 아이러니하게도 잠이 오지 않는 밤에 가장 하기 어려운 것 또한 '생각을 하지 않는 일'이다. 떨쳐 버리려고 되돌아 누워도 어느새 그것들은 또 다른 상상으로 번져 머릿속을 어지럽힌다. 생각의 편린들이 부메랑이 되어 돌아오는 악순환, 불안이나 걱정이 겹치는 날이면 몸까지 긴장되어 잠은 더더군다나 저만치 달아난다.

만약 내가 혼자 사는 사람이라면 '불면증'을 맞는 태도가 조금은 달라질 수 있을까? 혼자 사는 사람일 뿐만 아니라 그다음날 일련의 규칙적인 일을 하지 않아도 되는 사람이라면 더 확실하겠다. 말하자면 잠이 안 오면 안 오는 대로 굳이 잠을 청하지 않고, 하고 싶은 일을 하다가 잠이 쏟아질 때 자고 그다음날 생체시계에 맞춰 자연스럽게 일어난다면? 만일 이렇게만 할 수 있다면 어쩌면 자연스럽게 불면증이 치료될지도 모를 일이다. 게다가 운 좋으면 밤에만 혼자서 할 수 있는 창조적인 일을 발견해낼 수 있을지도 모른다. 빛이 너무 밝으면 할 수 없는 일. 소리가 많으면 할 수 없는 일. 사람들과 부대끼면 할 수 없는 일. 온전히 나에게만 집중해야 할 수 있는 일. 딱히 그러한 은밀한 일들이 생각나지 않더라도 밤에 문득 잠에서 깼을 때 온 집안을 내 맘대로 불을 켜고 책을 읽거나, TV를 켜거나, 음악을 듣는 것도 좋겠다. 얼마나 신선한가. 식구들이 깰까 봐, 혹은 다시 잠을 잘 수 없을까 봐, 하지 못했던 모든 일들을 자유롭게 펼칠 수 있다는 생각만으로도 마음이 편안해진다. 하지만 이 모든 것도 그저 잠들지 못하는 밤에 '잠'을 방해하는 일련의 '생각들'일 뿐. 나에게 그런 상황은 절대 주어지지 않는다.

불면증을 겪어보지 못한 이들은 불면증을 '심리적'인 것으로 생각하거나 혹은 '낭만적'인 것으로 생각하거나, 혹은 '나태함'의 결과로 생각하거나, 또는 '병리적'인 것으로 치부해 버린다. 사실 이미 불면증은 여러 방면에서 현대병이라고 일컬을 정도로 사회적인 병으로 인식되어 있기도 하다. 하지만 어떤 식으로 생각하든 결과는 하나로 귀결되는 것 같다. 개인적으로나 사회적으로나 생활의 불편을 주기 때문에 결국 '극복해야 하는 상황'으로 이해되고 있지 않은가. 하지만 정말 그런 것일까. 불면증은 '극복해야 하고, 극복할 수 있는' 존재인 걸까. 솔직히 겪어보니 그렇게 간단하지만은 않다. 물론 꼭 치료해야 하는 심각한 불면증도 있을 테고 그 자체가 건강에 좋을 리는 없겠지만, 나처럼 오랜 세월에 거쳐 잔잔하게 오가는 불면증은 때가 되면 찾아오는 살짝 성가신 '손님' 쯤으로 여겨주는 건 어떨까. 싸워야 할 적이나 병으로 생각하는 것보다는 차라리 마음이 편하지 않을까. 찾아오지 않으면 좋겠지만 찾아와도 쫓아낼 수는 없으니, 찾아올 때마다 살살 달래서 돌아가게 할 수밖에 없는 불청객. 솔직히 이제는 살짝 이 불청객에게 동정심까지 들 지경이다.

나의 낮 생활을 고단하게 만들러 온 민폐 손님. 온몸을 약화시켜 감기를 불러오는 침입자.

나는 오늘도 스마트 폰 검색 창에 '불면증' 외에 '불면증에 좋은 음식'이란 단어를 적어 넣는다. 크게 싸우진 않더라도 잘 달래서 돌려보내려면 나도 내 나름대로 전략이 필요하다. 아, 저번 달에는 바나나와 우유로 죽을 쑤어 먹고 얼마 동안은 효과를 본 듯 했으니, 이번에는 대추청을 먹어봐야겠다.

(2020. 봄)

우리 시골집

톳마루에 앉아 밤의 정적에 잠긴다. 깜깜한 밤하늘, 귀뚜라미 울음소리, 홈통으로 떨어지는 낙숫물 소리…. 더군다나 친구가 카톡으로 보내 준 〈매기의 추억〉에 젖으니, 그야말로 혼자 보내기에 아까운 낭만적인 밤이다. 그동안 이런 전원생활을 얼마나 꿈꾸었던가.

시골 새집에서 첫 밤을 맞았다. 청포도색 지붕에 톳마루가 정겨운 하얀 집이다. 처음엔 텃밭이나 가꾸고 들락거리며 소일하려고 농막 같은 오두막을 지을 생각이었으나 막상 시작해 보니 욕심이 생겨 마당에 초록 잔디가 펼쳐진 그럴싸한 집을 짓게 되었다.

이곳은 아버님이 물려 준 유일한 땅이다. 일제 강점기와 6·2

5전쟁을 겪은 아버님은 유난히 땅에 대한 애착이 강하셨다. 생전에 자식들에게 늘 스스로의 힘으로 살아야 한다는 원칙을 고수했던 아버님이시지만, 유사시 시골에 집 한 칸은 있어야 한다는 생각이었던지 도시에 사는 지차 아들들에게도 집 지을 땅을 물려주셨다. 아버님이 돌아가신 지 어언 이십여 년, 당신이 원하신 대로 아들 오 형제가 늘그막에 나란히 시골에 집을 지었다는 사실을 아시면 지하에서도 얼마나 흐뭇해하실까.

타향살이 반백 년. 우리의 첫 신혼집은 단칸방 셋집이었다. 부엌에 수도도 없어서 밤마다 주인집 부엌에서 물을 받아야 하는 집이었다. 첫아이를 낳고 나서는 기저귀 빨 물까지 밤새도록 받느라 낮에도 피곤해서 늘 허우적거렸다. 셋방살이의 설움이 어디 그것뿐이겠는가. 주인집 개가 덤벼들어 세 살배기 어린 딸이 새파랗게 경기를 일으키던 일이며, 아기가 울며 보채서 일어나 보니 방안에 연탄가스가 가득 차 온 식구가 질식사할 뻔했던 일이 어제 일인 양 생생하다.

첫 번째 우리 집은 언덕을 올라가야 하는 작은 주택이었다. 모두가 어려웠던 시절, 새마을운동으로 초가집은 헐리고 건설붐이 일었다. 그 당시, 집은 성장의 지표요 재산의 척도였다. 모두가 하나같이 좀 더 나은 집으로 좀 더 나은 집으로 이사를 감행했고, 봄가을 이사 철은 항상 붐볐다. 우리도 자연스레 주택 집을 팔고 작은 아파트로 옮겨 갔다.

대단지 아파트가 로망이던 80년대가 저물어갈 무렵, 우리는 목동 신시가지 아파트에 정착했다. 세 아이들에게 방을 하나씩 줄 수 있어서 얼마나 행복했던가. 그때는 정말 평생 살 집이라고 생각했었다. 이십여 년을 살면서 고향처럼 정도 많이 들었다. 그러나 아파트의 구조상 아래 위층에 피해가 갈까 봐 항상 조심해야 했고 우리 또한 층간 소음에 시달리기도 했다.

그 후 노후를 위해 준비했던 작은 집이 개발되면서 49층의 마천루 같은 주상복합아파트가 되었다. 거실은 디자이너 앙드레김이 꾸미고 대리석으로 로비를 치장한 명문 아파트였다. 그곳에 잠깐 살기도 했는데, 그때를 생각하면 난방비를 아끼느라 겹겹이 옷을 껴 입던 추운 겨울이 떠오른다. 집이란 제 분수에 맞아야 하는데 우리에겐 분에 넘치는 너무 큰 고급 집이었다. 보금자리라기보다는 무슨 호텔 같은 느낌이었다. 집에 얽매여 늘 신경이 쓰이는 게, 마음으로는 온전히 '우리 집'이 아니었다.

오랫동안 정들었던 목동을 떠나게 되었다. 집을 팔았다. 교통이 좋고 시골에 오가기도 편한 곳으로 이사를 하고, 아버님이 물려주신 시골 땅에 집을 짓기로 했다. 주말에 내려와 텃밭을 가꾸며 자연 속에서 도시의 피로를 풀고 싶었다. 젊었을 때는 시골집 짓는 것에 관심이 없던 남편도 직장을 퇴직하고 머리에 서리가 앉는 나이가 되니 생각이 달라지는 것 같았다.

지난겨울부터 집짓기에 매달렸다. 유난히 꼼꼼한 남편은 집 설계도만 백 장을 넘게 그렸다. 창문을 사방으로 통하게 하여, 신선한 공기가 마음껏 드나들고 채광이 잘 되게 하는 걸 최우선으로 삼았다. 불필요한 공간을 최소화하고 벽의 색상을 흰색으로 하여 작은 집이지만 쾌적한 느낌이 들도록 했다. 바라는 건 소박했지만 할 일은 넘쳐났다. 아이들이 어렸을 때 잠깐 주택에 살아 보고 계속 성냥갑마냥 똑같은 아파트에 살다 보니, 집이란 그저 들어가서 거기에 맞추어 사는 것인 줄로만 알았다. 하지만 '내 손으로 집을 짓는다.'는 건 하나하나 우리 손으로 모든 걸 기획하고 결정해야 하는 것을 의미했다. 가족들이 머리를 맞대고 토론하기를 수십 번, 이야기하는 시간이 늘어나면서 웃을 일도 많아졌다. 그러는 사이에 어느새 '우리 집'이 완성됐다. 남편이 설계하고 우리가 몇 번이나 반복해서 말하고 그림으로 그리고 머리로 상상하던 '우리 집'이다. 우리 아이들이 참견하고 내가 의견을 내서 온 가족이 함께한, 구석구석 우리에게 맞춘 진짜 우리 집이다. 이 집에서 내가 하고 싶은 일을 하며 욕심 없는 노후를 보낼 것이다.

거실 창가엔 다용도 탁자를 놓아 동쪽과 남쪽 정원을 바라보며 책도 보고 차를 마시리라. 창고 지붕엔 홈통을 달지 않고 그대로 방치하여, 겨울이면 고드름이 열리는 내 어린 시절의 추억도 되살려 봐야지. 담장을 하지 않아 이웃이 편하게 드나들 수 있으니 팔순의 우리 형님들 쉼터가 되기도 할 것이다. 봄이 오면 울타리를 대신하여 온갖 나무를 심고 아치형 대문에 장미를 올리리라. 앞쪽엔 꽃밭을 만들고 뒤쪽엔 텃밭을 일구어 반가운 친구가 오면 바로 딴 푸성귀로 성찬을 차려야지.

생각만 해도 가슴이 두근거린다. 낮에 오던 가을비는 어느덧 멈추고 하나 둘 별이 돋는다. 아, 평화로운 이 밤. 노후의 사심 없는 안식처가 되길 마음속으로 빌어 본다.

(2017. 겨울)

2부

반딧불이

지척도 분간할 수 없는 어둠 속,

갑자기 온 동굴 천장이 금강석을 박아 놓은 듯

눈이 부시다.

아니 총총한 별 무리가

내게로 마구 쏟아져 내리는 것 같았다.

너무나 황홀한 반딧불이의 신비한 빛에 넋이 나가

우리는 소리도 내지 못하고 속으로만 탄성을 질렀다.

캄캄한 어둠 속에 도도하게 존재하는 영롱한 발광체(發光體),

오직 물방울 떨어지는 소리만이 정적을 깨뜨린다.

-〈반딧불이〉 중에서

글루미 선데이

그날 부다페스트엔 비가 내렸다. 부다 왕궁에서 내려다본 도나우 강엔 흰 요트가 점점이 떠 있고 고딕 양식의 뾰족 첨탑들이 안개비 속에 더욱 고즈넉했다.

동유럽의 다리, 도나우강의 진주라 일컫는 헝가리의 수도 부다페스트. 이곳은 〈글루미 선데이〉의 산실이기도 하다. 음악과 낭만이 흐르는 곳, 박물관처럼 고색창연한 어느 레스토랑에서 〈글루미 선데이〉의 고혹적이고도 구슬픈 멜로디가 환청처럼 들려오는 것 같았다. 나지막하게 울려 퍼지는 단조의 선율…, 이 아름다운 곳에서 왜 그렇게 슬픈 음악이 만들어졌을까. 아름다움과 슬픔은 통하는 것일까.

때때로 마음이 답답하고 우울한 날이면, 더군다나 여름 장마

철의 습기가 온몸에 퍼지면 나는 이 멜로디에 흠뻑 빠져들었다. 우울할 땐 우울한 음악으로 기분을 푼다고 했던가. 이 음악을 들으면 몽환적인 선율에 나락의 끝으로 떨어졌다가도 희한하게도 속이 후련해지며 마음의 평정을 찾곤 했다. 그래서 언젠가부터 이 노래는 내 우울증 치료제 역할을 하기도 한다.

그런데 이런 나와는 달리 많은 사람이 이 노래를 듣고 자살을 했다고 한다. 실제로 음반을 낸 지 8주 만에 헝가리에서만 187명이라는 사람이 자살을 하고 이 노래에 얽힌 죽음의 일화는 60년 동안 전 세계를 떠돌았다. 이 노래에 담긴 그 무엇이 사람들을 죽음으로 몰아넣은 것일까.

사실 이 노래를 작곡한 레조 세레스, 그 역시 부다페스트의 한 빌딩에서 투신자살했는데 "나는 내 마음속 모든 절망을 '글루미 선데이' 선율에 눈물처럼 쏟아냈다. 나와 비슷한 처지에 있는 사람은 잊었던 상처를 스스로 발견한다."라고 고백했다고 한다.

그리고 드디어 이 음반은 도나우강을 배경으로 사랑과 노래와 죽음을 주제로 한 영화 〈글루미 선데이〉를 잉태시켰다. 나는 기다렸다는 듯 그 영화에 심취하였다. 왜 사람들이 자살을 하는가 그것이 궁금했다.

영화의 줄거리보다도 실제와 허구를 드나드는 인상 깊었던 장면에서 그 궁금증이 조금은 풀리는 것 같았다.

이 영화는 1940년대 전후 2차 세계대전이 일어나기 직전을 배경으로 하고 있다. 현실적이고 이성적인 유태인 자보와 매혹적인 연인 일로나는 부다페스트에서 레스토랑을 운영한다. 레스토랑에서 연주할 피아니스트로 고독과 우수에 젖은 안드라스를 고용하면서 그들의 희한한 삼각관계의 사랑이 시작된다.

안드라스는 일로나의 생일 선물로 〈글루미 선데이〉를 작곡해서 선사하는데 그 곡은 온 세계에 퍼져 안드라스에게 부(富)와 명예를 안겨줬지만, 많은 사람이 그 레코드판을 틀어놓고 자살하는 일이 벌어졌다. 안드라스는 '사랑을 위해 만들어진 곡이 왜 사람들을 죽음으로 몰아넣는 것일까?' 하며 괴로워한다. 자보는 위로한다. "누가 죽으라고 했나? 우연의 일치일 뿐이야."

세 사람 사이에 독일인 한스가 끼어들고 세계 2차 대전의 먹구름이 짙어지면서 그들의 사랑엔 죽음의 그림자가 감돌기 시작한다. 그러던 어느 날, 한스는 동료와 함께 레스토랑에 나타나 유태인을 잡아갈 음모를 꾸미며 자보를 농락하면서 안드라스에게 〈글루미 선데이〉를 연주하라고 명령한다.

일거수일투족을 지켜보던 안드라스는 끝내 굴욕을 참으며 연주를 거부하는데 겁에 질린 일로나가 나직이 이 곡을 부르면서 안드라스에게 연주해 달라고 애원해 위기를 모면한다. 화장실로 뛰어가 울음을 삼키는 일로나. 그러나 총소리가 들리고 안드라스는 자기 가슴에 총을 쏜 채 쓰러진다. 안드라스는 끝내 굴욕을 참을 수 없었던 걸까. 암울한 전쟁의 소용돌이 속에서 희망이 없다고 느꼈던 것일까. 자보와 일로나는 안드라스를 그리워하며 이해하려고 애쓴다.

자보는 이렇게 말한다.

"〈글루미 선데이〉의 메시지는 모든 사람에게 그만의 존엄성이 있다는 걸 말하고 싶은 것은 아닐까. 우리는 늘 상처를 받고 모욕을 당해. 마지막 남은 존엄성을 가지고 버티다가 더는 못 견딜 상황이 오면 떠나는 거야."

훗날 자보는 수용소에 끌려가면서 일로나에게 편지를 남긴다.

"우리의 꿈이 깨어졌다고 슬퍼하지 마. 내일 일은 내일 해."

60년의 세월이 흐른 후, 한스는 성공하여 레스토랑에 나타났으나 〈글루미 선데이〉의 저주로 숨을 거두고, 이 영화의 주인공 일로나는 흰머리의 뒷모습을 보이면서 아들과 함께 생일의 축배를 든다. 〈글루미 선데이〉의 은은한 멜로디가 퍼지는 가운데에서….

영화는 실화와 허구를 드나들면서 자보와 일로나를 통해 스스로 생명을 끊는 사람들의 마음을 이해하려고 노력한다. 하지만 결국 이 영화는 끝까지 살아남은 주인공 일로나의 삶을 통해 드러난다. 인간의 존엄성은 꿋꿋이 견디고 살아내는 진정한 자존심에 있다는 것을. 아무리 힘들고 희망이 보이지 않아도 세월이 지나면 봄은 다시 오는 거라고 일깨워 주고 있는 것은 아닐까.

나는 오늘도 자잘한 세상사로 피곤하여 지치면 〈글루미 선데이〉를 듣는다. 눈을 감으면 한없이 슬프고도 아름다운 선율에 온몸이 내려앉지만, 나는 안다, 이 음악을 다 듣고 눈을 떴을 때 내 주위의 공기가 따뜻해져 있을 거라는 것을…. 왜냐하면 나에게 〈글루미 선데이〉는 다시 일어서는 힘을 주는 멜로디니까.

(2008. 가을)

반딧불이

남편의 갑년을 맞아 우리는 모처럼 여행길에 올랐다. 스산한 가을바람이 부는 시월 중순, 비행기는 12시간 만에 사과꽃이 만발한 오클랜드의 봄으로 우리를 데려다 놓았다.

여기는 '지상 낙원'이라고 자칭할 만큼 태고의 아름다운 자연경관을 보존한 남반부의 뉴질랜드 북섬이다. 끝도 없이 이어질 것 같은 지평선도 몇 시간을 달리다 보면 거대한 나무들이 우거진 삼림이 되어 별천지 같고, 바다 같은 큰 호수는 설산(雪山)의 그림자를 드리운 채 여행객들을 반긴다. 과일도 씻지 않고 먹는다는 무공해의 나라, 햇빛은 빛나고 양들은 한가로이 풀을 뜯는다. 초록으로 펼쳐진 평원은 보기만 해도 가슴이 탁 트인다. 그 평화스런 풍광을 보고 있자니 지난날의 어려웠던 일들이 한꺼번에 스러지듯 마음이 평온해진다.

돌이켜보면 무엇 하나 이룬 건 없어도 삶이란 얼마나 힘들고 고단했던가. 문명의 이기(利己) 속에 세상 풍파는 거세기만 했었다. 그러나 이제는 청운의 꿈도, 생활의 치열함도 비켜 가고, 어느덧 가을이란 인생의 계절에 서서 잠시라도 쉬고 싶다는 생각에 미지의 세계를 향해 떠나고 싶었는지도 모른다. 될수록 사람에게 부대끼지 않고 아름답고 평화스러운 곳으로 마음을 정한 곳이 이곳이다. 더구나 '반딧불이 동굴'이라는 여행 일정표는 나를 더욱 들뜨게 했다. 반딧불이가 날아다니던 유년은 내 인생에서 가장 순수했던 시절이기 때문이다.

오클랜드를 떠나 우리는 지금 반딧불이 동굴을 찾아가는 길이다. 아련한 눈빛으로 예닐곱 살 아이로 돌아가 산골의 여름밤으로 줄달음친다.

멍석 위에는 할머니와 어머니가 숯불을 불어가며 다림질을 하고 모기 쫓는 쑥부쟁이 냄새가 매캐하다. 옥수수를 먹던 아이는 마당 어귀 풀숲에서 반짝이는 반딧불이를 잡으려고 손을 뻗친다. 영롱하게 빛나던 반딧불이는 밤하늘로 날아가고 아쉬운 듯 아이는 어둠 속을 바라본다.

어쩌면 자연에 대한 나의 외경심은 반딧불이에 대한 동경에서 시작되었는지도 모른다. 그것은 아름다운 동심으로 남아 도시 생활에 마음이 삭막해지면 떠올려보는 청량제 같은 것이었다.

반딧불이의 자연 서식지로 알려진 와이토모 동굴은 '세계 8대 불가사의'의 하나로 나지막한 산허리에 길게 뻗어 있었다. 허리를 굽히고 들어선 동굴은 여러 개의 광장과 작은 방으로 나누어져 천장은 종유석, 바닥에는 마치 숲을 이루듯 석순이 늘어져 있는데 몇 개의 반딧불이가 어슴푸레 불빛을 발하고 있었다. 우리는 칠흑 같은 어둠 속에서 안내인이 비춰 주는 길을 따라 가파른 계단을 더듬거리며 내려갔다. 여기서부터는 절대로 소리를 내거나 사진 촬영을 해서는 안 된다고 주의를 준다. 소리와 빛에 민감한 반딧불이는 조금이라도 이방인의 침입을 눈치채면 빛을 내는 일을 그만둔다는 것이다. 어둠 속을 한참 지나 네 사람씩 나누어 쪽배를 타고 동굴 안에 흐르는 강을 따라 깊숙이 들어갔다.

지척도 분간할 수 없는 어둠 속, 갑자기 온 동굴 천장이 금강석을 박아 놓은 듯 눈이 부시다. 아니 총총한 별 무리가 내게로 마구 쏟아져 내리는 것 같았다. 너무나 황홀한 반딧불이의 신비한 빛에 넋이 나가 우리는 소리도 내지 못하고 속으로만 탄성을 질렀다. 캄캄한 어둠 속에 도도하게 존재하는 영롱한 발광체(發光體), 오직 물방울 떨어지는 소리만이 정적을 깨뜨린다. 멀리 보이는 천장에는 한여름 밤의 은하수가 흐르는 것도 같다. 나는 별을 헤는 '어린 왕자'가 되어 우주 공간인 듯 하염없이 바라본다.

자연의 경이로움은 인간이 범접하지 못하는 아름다움과 평온을 품고 있는 듯하다. 취한 듯 자리를 뜰 줄 모르는데 안내인이 발걸음을 재촉한다. 환상 같은 정경을 뒤로하며 나오는 길목에서 누군가 "반딧불이는 무얼 먹고 사나요?" 하고 물었다. 그러자 안내인이 허공에 손전등을 쫙 비추어 준다. 거기에는 수없이 많은 거미줄 같은 것이 아래로 길게 늘어뜨려져 있었다 "반딧불이는 이렇게 자신의 아름다운 빛으로 날벌레를 유인합니다. 배가 고프거나 산란기엔 더욱더 영롱한 빛으로 유혹하지요. 그냥 빛을 내는 게 아니에요."

어안이 벙벙한 것이 무엇에 홀린 것 같다. 내가 아는 반딧불이는 이슬을 먹고 사는 청정한 곤충이 아닌가. 나는 생각을 가다듬고 자세히 그 하얀 줄을 올려다보았다. 거기에는 날파리 같은 작은 물체들이 잔뜩 걸려 파닥이고 있었다. 그 높은 천장에서 먹이를 잡으려고 안간힘을 쓰며 줄을 늘어뜨리는 반딧불이의 처절한 모습이 그려진다. 그것은 다만 생존 경쟁에서 살려는 약육강식(弱肉强食)의 모습이 아닌가. 온몸의 힘이 빠진다. 그저 아름다움에서 평안을 찾으려던, 나의 자연에 대한 외경심이 송두리째 흔들렸다. 그 영롱한 불빛이 삶의 수단이었다니, 자연의 순리라는 것도 결국은 살기 위해서 안간힘을 쓰는 것일까.

저만치 앞서가는 남편의 희끗거리는 흰머리가 오늘따라 더욱 눈에 띈다. 가장의 위치에서 가족을 이끌고 자식을 낳고 기르는 세상살이에 얼마나 힘들었을까. 동굴 밖으로 나오니 햇빛은 눈부신데 알 수 없는 슬픔이 밀려와 눈시울을 적신다.

(2004. 여름)

파란 화살표

우리의 제주 올레길은 7코스에서부터 시작되었다.

유월의 이른 아침, 청량한 바닷바람을 맞으며 입구로 들어서니 너럭바위 위에 그려져 있는 파란 화살표가 시선을 확 잡아 끈다. 화살표의 촉 끝이 한쪽으로 삐죽 나와 있는 게 보통 화살표와는 뭔가 다르다. 자세히 보니 사람 인(人)자를 닮아 있다. '사람이 가는 길'이라는 뜻인가.

화살표를 따라 해안 산책로를 지난다. 기암절벽이 성곽처럼 둘러싸고 있는 에메랄드빛 바다는 지중해보다 더 푸르다. 솔바람이 물빛을 저리 청정하게 만든 것일까. 너울대는 울창한 수목 아래서 양팔을 벌려 폐부 깊이 심호흡을 해 본다. 쌓인 스트레스가 모두 날아가는 것 같다.

길 위를 걷는 사람들의 모습은 하나같이 여유롭다. 혼자 걷는 젊은이도 있고 입대를 앞둔 아들이 어머니와 함께 걷기도 한다. 삼삼오오 짝을 지어 길을 걷는 올레꾼들의 모습이 정겹다. 그들은 자연과 하나가 되어 '구름에 달 가듯'이 길을 가고 있다.

화살표는 키 작은 소나무 가지 위에서 리본이 되어 나풀거리다가 가파른 언덕을 올라 자연 생태 길에 이른다. 억새와 들꽃이 만발한 아기자기한 길, 작고 예쁜 꽃잎을 들여다보다 길을 놓친다. 아름다운 길이라 이쪽으로 가고 싶은데 파란 화살표는 보이지 않는다. 가야 할 길이 아닌 모양이다. 아쉬움을 달래며 다시 되돌아와 갈래 길에서 화살표를 발견한다.

현무암이 가득한 바위 밭을 지난다. 멀리서 보면 길이 있을 것 같지 않은데 고만고만한 돌들이 융단처럼 아름다운 길, 일일이 손으로 돌을 고르고 옮겨 놓아 감동이 가득한 길, 길 옆 곳곳에는 자연의 전리품인 양, 돌 조각품이 아름다워 걷는 내내 탄성이 절로 나온다.

화살표가 큰길에 우리를 데려 놓는다. 넓은 아스팔트 길이다. 그대로 편하게 가면 되리라 마음 놓고 한참을 걸었는데 이상하게 가도 가도 화살표가 보이지 않는다. 얼마간 헤매다가 마을 사람에게 물어서 오던 길로 되돌아 가서야 도랑 건너 샛길에서 꼬부라진 작은 화살표를 찾을 수 있었다. 너무나 당연하게 보이는 길도 내가 갈 길이 아니고 길처럼 보이지 않는 길에도 길은 있었다.

바닷가 모래사장이 끝없이 펼쳐졌다. 철 이른 해수욕장이라 인적은 없고 삼켜 버릴 것 같은 성난 파도가 덮쳐 버릴 것같이 달려든다. 등줄기엔 땀이 배고 다리는 무거운데 푹푹 빠지는 모래밭만 이어질 뿐, 사방을 두리번거렸으나 화살표가 보이지 않는다. 방향을 몰라 허둥대다가 문득 모래길 만큼이나 막막하고 힘들었던 지난날을 떠올린다.

막내가 초등학교 1학년, 큰아이가 6학년, 그리고 연년생으로 둘째가 5학년. 알뜰살뜰 살림 모아 열여덟 평 아파트에 입주하면서 제법 웃음꽃이 퍼질 즈음이었을 게다. 남편이 피곤하고 소화가 안 된다며 힘들어하더니 끝내 대학병원에 입원하게 되었다. 회사에 휴직계를 내고 힘겨운 투병 생활이 시작되었다. 나는 병에 좋다는 것을 찾아 동분서주 뛰어다녔지만, 남편의 병은 좀처럼 나아지지 않았다.

다시 입원하던 날, 그날은 이월의 찬바람이 마음까지 얼어붙게 할 것 같은 추운 날이었다. 병원 가는 시장 길목에서 남편은 갑자기 손목시계를 사더니 큰아이의 졸업 선물이라며 내게 건 냈다. 나는 당황했다. 이 와중에 선물이라니, 불현듯 이것이 마지막 선물일지도 모른다는 불안감이 엄습해 왔다. 그 시계를 만지작거리며 시장 거리를 빠져나가는데 혼자 버려진 것 같은 느낌이 들었다. 순간 떠오르는 초롱초롱한 아이들의 눈망울. 길가의 군밤 파는 아주머니도, 힘겹게 골목길을 누비는 리어카 아저씨의 모습도 예사로 보이지 않았다.

보이지 않는 길. 사막 한복판에서 길을 잃어버린 듯 망연자 실한 나에게 시부모님은 시골로 내려오라고 했고, 형제들은 너 의 길은 네가 찾아야 한다는 듯 멀찌감치 떨어져 연민의 눈길 을 보낼 뿐이었다.

종교도 없던 나였지만 저절로 밤마다 하느님을 찾게 되었다. 남편을 살려 달라고, 이 어려운 처지를 굽어살펴 주십사고 간 곡히 기도했다. 그러다 스스로 성당 문을 열고 들어가면서 어 렴풋이 화살표가 보이기 시작했다. 기적처럼 남편은 회복되었 고 서서히, 그렇지만 자연스럽게 길이 이어졌다. 이제는 나보 다 더 건강해진 남편의 모습에 감사한다.

제주도 올레길은 스페인의 '까미노 데 산티아고'를 다녀온 사람이 그 길을 본 따 만든 것이라고 한다. 중세 시절 성 요한의 '순례의 길'이라는 '까미노 데 산티아고'는 한 달을 걸으면서 평생의 인생길에 대해 생각해 보는 길이다.

하루에 한 코스씩 닷새를 걸으며 나는 참 행복했다. 파란 화살표를 따라 걷고 또 걸으며 내 안에 길을 내는 제주도 올레길. 사람은 길을 만들고, 그 길은 다시 사람을 만든다.

너무나 숨 가쁘게 돌아가는 세상. 누구든 지름길만을 찾고 내 길이 아닌 곳으로도 거리낌 없이 들어간다. 하지만 살아가면서 중요한 것은 그럴듯하게 그려보는 풍경이 아니라, 보이지 않는 나의 길을 안내해 줄 작은 화살표를 찾는 일이 아닐까.

우리의 인생길에도 파란 화살표가 있었으면 좋겠다.

(2010. 봄)

지리산 진달래

마지막 민박집에서 나는 남편과 함께 짐을 풀었다. 길게 누우면 두 사람이 겨우 잘 수 있을 정도의 작은 방이었다.

"빈대 같은 건 없겠지요?" 누렇게 바랜 벽지와 벌레 구멍이 숭숭 뚫린 창틀을 건너다보며, 나는 주인인 아주머니를 걱정스레 바라보았다. "요새 세상에 무슨 빈대예." 얼토당토 않은 물음이라는 듯이 주인은 곱게 눈을 흘기며 순박한 웃음을 흘렸다. 그나저나 겨우 찾아든 방이다. 여기가 마음에 들지 않으면, 우리는 오던 길을 되돌아 읍내로 들어가야 한다. 하지만 내일 새벽 지리산 천왕봉을 오르려면 아무래도 여기가 좋을 것 같았다. 장장 여덟 시간을 차에 시달린 탓인지 너무나 피곤했다. 저녁을 시켜 놓고 사방을 둘러보았다. 어디선가 개울물 흐르는 소리가 들리고 띄엄띄엄 낡은 토담집들이 보였다.

혹시 이 마을도 그 격전지가 아니었을까. 언젠가 텔레비전에서 본 다큐멘터리 육이오 전쟁 드라마의 한 장면이 생각나 토담집을 유심히 바라보았다. 낮에는 아군, 밤에는 적군. 빨치산들은 밤이면 산속에서 내려와 총부리를 겨누고 불을 지르거나 양식을 빼앗아 가곤 했다. 그들에게도 살아야 하는 절박한 현실이 그 무엇보다 우선하였을 것이기에—.

그 전쟁의 아픔을 떠올리기엔 산골의 밤은 평화롭기만 하다. 마당 한구석에서는 젊은 남녀가 버너에 찌개를 끓이며 행복한 듯 웃고 있다. 나는 가만히 우물가로 가서 찬물에 손을 담갔다. 돌을 던지면 그대로 삼켜 버릴 것 같은 어둠 속에서 하얀 사기 요강이 차갑게 빛을 발하고 있었다. 세수를 하다 말고 하늘을 올려다보니, 별이 쏟아져 내릴 것같이 총총하다.

이튿날 새벽 여섯 시. 반찬이라곤 산나물 서너 가지가 고작인 도시락을 배낭에 넣고 우리는 지리산 정상을 향해 민박집을 나섰다. 새벽바람이 쏴 하니 옷섶으로 파고든다. 길가의 제비꽃은 이슬을 머금어 더욱 청초해 보인다. 초입 길은 빤한데 오월의 신록은 정글같이 우거져 하늘은 보이지 않고 물소리만 요란하다. 언덕을 지나 문득 고개를 드니 하얀 찔레꽃 덤불이 시야를 눈부시게 한다.

"빨리 와, 공비 나온다."

길모퉁이를 돌아서자 남편이 나에게 겁을 주었다. 환한 찔레 덤불을 지나자 이번에는 대나무의 행렬이 시작되었다. 빽빽하게 둘러싸인 대숲의 서걱거리는 소리는 정말 공비라도 나올 것 같이 으스스한 분위기를 자아냈다. 그 소리에 가슴이 철렁 내려앉아 사방을 둘러보니 앞서거니 뒤서거니 하던 등산객이 하나도 보이지 않는다. 나는 잰걸음으로 남편을 뒤쫓아갔다.

얼마를 걸었을까. 모자를 쓴 머릿속은 땀에 젖어 축축하고 다리는 돌을 매단 것처럼 무거웠다. "힘내세요, 조금만 가면 정상입니다." 야영이라도 한 듯, 하산하는 젊은이가 우리를 격려해 주었다. 첩첩산중이란 이런 곳을 두고 한 말인가. 내려다보이는 시야는 온통 크고 작은 봉우리로 아득하고, 가끔 산허리를 하얀 안개구름이 띠처럼 머물렀다 가곤 한다.

산모롱이를 돌아 가파른 돌길을 힘겹게 오르는데, 앞서가던 등산객이 별안간 소리를 질렀다. "이거 탄피잖아, 육이오 때 그 탄피야!" 자갈길에서 오가는 얼마나 많은 사람의 발길에 닳고 닳았는지 얇디얇은 놋쇠 조각이 햇빛에 반사되어 윤이 났다. 나는 너무 놀라서 "정말이에요?"를 연발하며 그 놋쇠 조각을 한참이나 들여다보았다. 사십 년도 더 지난 전쟁의 흔적이 아직도 남아 있단 말인가. 사실 처음 지리산 등반을 계획했을 때 나는 여느 산과 다른 흥분을 느꼈다. 몇 년 전에 《지리산》이 라는 소설을 읽으며 전쟁의 참상과 비극적인 종말을 맞은 젊은 이들을 생각하면서 가슴이 저리고 아팠던 기억이 떠올랐기 때 문이다. 얼마나 많은 꽃다운 청년들이 이데올로기의 희생물로 죽어갔던가.

조금 쉬었더니 한기가 돈다. 바람도 없는데 기온이 차구나 싶어 점퍼를 꺼내려다 문득 위를 올려다보니 나뭇가지에 연둣 빛 연한 움이 돋아나 있었다. 해발 일천팔백 미터 높은 고지의 차가운 날씨는 이제야 이곳에 봄을 틔우고 있었다. 손가락으로 쏙 올려 미는 것 같은 가는 고비의 여린 손에도 눈인사를 보내 며, 이 봉우리만 넘어서면 천왕봉일 거라는 설렘으로 가쁜 숨 을 몰아쉬며 산등성이에 올랐다.

그런데 이게 웬 광경인가! 정상일 거라는 천왕봉은 건너편 바위산으로 하늘 밑에 내달아 있고, 산자락 넓은 초원에는 빨 간 진달래꽃이 무리 지어 앞을 가로막고 있지 않은가.

"어머, 웬 진달래가?"

나는 탄성을 지르며 우뚝 서서 그 모습을 정신없이 바라보았다. 온 산자락이 딴 세상같이 빨갛게 물들어 있었다. 타는 듯 곱고 붉은 진달래꽃 무리, 북한산이나 관악산 같은 데의 진달래와는 확연히 달라 보였다. 찬바람에 꽃잎을 날리며 무슨 한을 담은 듯한 모습에서, 나는 전쟁의 비극 속에 수없이 희생된 사람들이 꽃으로 환생한 것 같은 느낌이 들었다. 그들의 넋이 지리산 정상에 꽃으로 피어서 세상 소식을 묻혀 들여오는 등산객들을 맞이하고 있는 것은 아닐까. 산에서 내려오고 싶어도 올 수 없었던 사람들, 그러기에 더욱 그들의 삶이 애처롭고 마음 아프다.

오월이 다 가는 늦은 봄날, 지리산 정상에 곱게 핀 진달래처럼 그들의 혼도 아름답게 승화되어 하늘에 올라갔기를 마음속으로 빌어 본다.

(1997. 봄)

다시 찾은 동그라미

여름 감기 때문인지, 삭신이 쑤시고 오한이 났다. 온종일 내린 비로 궂은 날씨면 도지는 신경통까지 겹쳐 온몸은 파김치가 되었다. 열에 들떠 눈은 충혈되고 머릿속은 풀리지 않는 실타래처럼 어수선하다. 혼미 속을 오락가락하며 며칠을 앓고 나서야 나는 정신을 차렸다. 흐트러진 아이 옷을 정리하고 세탁기를 돌리며, 가슴속까지 닦아내듯 구석구석 걸레질을 해 본다. 무슨 일이 그리 급한지 쫓기듯 살아온 느낌이다.

스산한 마음을 가라앉히며 일기장을 들추다가 며칠 전에 나의 모교에 근무하는 동생으로부터 원고 청탁을 받은 사실을 기억해 냈다. 개교 오십 주년을 맞아 교지에 실을 졸업생의 글이라 했다. 문득 삼십여 년 전의 여고 시절이 떠올랐다.

일학년 겨울 방학 때였다. 나는 아버지를 따라 처음으로 기차를 타고 고향을 떠났다. 교직에 계셨던 아버지는 자식들 공부를 시키려고 경상북도 울진이라는 조그만 읍에서 서울이 바라보이는 경기도 이천으로 전근 신청을 하셨다.

그해 겨울은 무척이나 추웠다. 이삿짐을 실은 달구지를 끌고 신작로를 가는 소들이 입김을 허옇게 내뿜었는데 그 입김이 코뚜레에 쩡쩡 얼어붙을 정도였다.

방학이 끝나고 전학한 학교는 피아노가 다섯 대, 오르간이 삼십 대나 되었다. 오르간만 한 대뿐이었던 고향 학교를 생각하면서 나는 그리운 친구에게 편지를 쓰곤 했다. 연꽃이 곱던 연호정 솔밭길, 산 넘어 언덕을 지나면 넘실대던 푸른 바다, 파도 소리. 멋진 어른이 되어 다시 만나자던 그 친구는 지금도 꿈속에서 아른거린다. 새 학기가 시작되고 특별 활동으로 문예반에 들어갔다. 눈이 크고 목소리가 우렁우렁한 남자 선생님은 열띤 강의로 문학이 살아가는 데 얼마나 중요한가를 얘기했던 것 같다.

그러던 어느 주말, 우리 문예반 아이들은 학교 대표로 여주에 있는 세종대왕릉으로 글짓기 대회를 나갔는데 문교부에서 주관하는 백일장이었다. 파란 잔디와 푸른 하늘이 맞닿은 능선에서 주최 측이 내주는 제목으로 글을 엮어 나갔다.

아악이 울려 퍼지는 소나무 아래에서 '장원'이라는 상을 받았을 때의 그 기쁨은 지금도 아련하게 나를 흥분시킨다. 아버지는 그 박봉에도 우리 선생님들께 저녁 대접을 하셨다.

그 후 나는 독서하는 즐거움으로 고향을 떠난 그리움을 달래며 꽤 많은 책을 읽었다. 수학여행을 가지 않고 그 돈으로 문학전집을 사기도 했다. 어느 날이던가, 청소를 끝내고 혼자 교실에 앉아 토마스 하디의 《테스》를 읽은 적이 있다. 순결을 잃은 현실 속에서 에인젤의 사랑을 갈구하는 그 고뇌와 고독함에 나는 몰입되어 있었다. 날이 어두워지는지도 모르고 책에 열중해 있었는데 수학 선생님이 이런 나의 모습을 지켜보고 있었던 모양이다. 그때는 교실에 전등도 없던 시절인데, 누가 가까이 오는 줄도 모르고 열심히 책을 읽고 있는 나에게 선생님은 "무슨 책이냐"고 겉장을 들추어 보셨다. 그러고는 공부를 이렇게 열심히 하면 서울의 일류 대학에도 거뜬히 들어갈 거라면서 웃으셨다. 또 선생님은 지금까지 소설책은 세 권밖에 읽은 것이 없다고 하시면서 그렇게 재미있느냐고 신기해하셨다. 하지만 나는 오히려 선생님의 세 권밖에 읽지 않았다는 독서량에 대해 의아해했던 기억이 난다. 훗날 아이러니하게도 소설책을 읽으면 골치가 아프다는 남편을 만났으니, 취향은 사람마다 다른 것인가 보다.

졸업이 점점 가까워지던 십일월 중순, 친구들은 저마다 진로를 정하느라 마음이 부산한데 빠듯한 우리 집 형편으로는 내가 원하는 대학에 원서를 낼 수 없었다. 더군다나 장손인 남동생이 내 뒤를 바짝 쫓아오고 있었으니, 나로서는 부모님께 떼를 써 볼 처지도 못 되었다. 그때 마침 K대학에서 우수 학생을 뽑는 특별 전형 백일장이 열렸다. 여기에서 입상하면 장학금을 받게 되고 K대학에 입학하는 특혜도 주어진다는 것이었다. 문예반 선생님의 배려로 이 백일장에 참가하게 되었다. 제목은 〈동그라미〉였다.

무슨 이야기를 어떻게 썼는지 전혀 생각나지 않지만, 낙선했다는 사실에 크게 상심하여 선생님이 사 주시는 자장면이 목에 걸려 넘기지 못했던 기억밖에는 없다. 돌아오는 버스에서 밖을 내다보니 희뿌연 차창 너머로 나의 불확실한 미래가 웅크리고 있는 것 같았다.

확실한 것이라곤 아무것도 없는 상태에서, 꿈·이상·현실, 이런 낱말로 공책을 가득 채우며 나는 학창 시절을 마감했다. 친구가 지어 준 '문원(文園)'이라는 다시 부를 수 없는 아름다운 호(號)와 함께.

아이들을 키우면서 문득문득 나는 '동그라미'에 대한 상념에 잠기곤 했다. 세 아이가 차례로 수험 생활을 끝내기까지는 거의 십 년이 걸렸다. 대다수의 우리나라 어머니들이 겪는 일이지만, 그 집안에 수험생이 있다 하면 초비상 사태의 연속이다. 어머니들의 일과라는 게 아이들 중심으로 되어 버리기 십상이기 때문이다. 어떤 날은 도시락을 다섯 개씩 싸기도 했다.

재수를 하던 막내아들까지 대학에 들어가자 나는 무슨 큰 멍에라도 벗은 것처럼 홀가분한 마음으로 돌아다니기 시작했다. 그동안 못 만났던 친구들, 계 모임, 쇼핑…. 처음 얼마간은 신이 났다. 그러나 얼마 못 가서 '이게 아닌데' 하는 허허로운 마음이 들기 시작했다. 친구들과 어울려 너스레를 떨어도 가슴 밑바닥에는 어떤 답답함이 풀리지 않았다. 아이들은 훌쩍 커서 비켜 서 있는데, 나는 아직도 이 허전함의 정체를 알 수가 없었다.

그러던 어느 날, 여고 시절의 그 생동감이 가슴에 혈관을 타고 흘러내리는 것 같은 느낌이 들었다. 나는 용감하게 가방을 메고 문학 강의실 문을 두드렸다. 그러나 마음의 문을 닫고 사는 동안 세월은 많이 변했고, 어줍은 문학소녀의 철부지 같은 감상은 고쳐 나가야 했다. 그 모임에는 글을 사랑하는 사람들의 인생관과 철학과 여과된 생활의 숨결이 반짝이고 있었다. 나는 거기에서 여고 시절에 그리지 못한 동그라미가 커다란 모습으로 다시 내 앞에 돌아온 것 같은 착각이 들었다. 듣고 싶은 강의를 듣고, 좋은 책을 대한다는 것은 얼마나 바라던 일인가. 돋보기를 걸치는, 지명을 바라보는 나이지만 나는 꿈을 가꿀 것이다. 내 충만된 삶을 위하여 다시 동그라미를 그릴 것이다.

(2001. 여름)

나물 많이 했나?

"정말 맛있다. 역시 시장에서 산 것하고는 향기부터 다르네."

남편은 입맛을 다시며 취나물을 젓가락으로 덥석 집는다.

"너희도 먹어 봐. 할아버지 산소 가서 뜯은 거야."라면서 아이들 앞으로 밀어놓는다.

아들 녀석이 조금 먹어 보고는 "진짜 부드럽고도 향이 진한데요."라며 맞장구를 친다. "아빠가 산나물을 좋아하니까 할아버지가 오월에 돌아가셨나 봐요. 엄마가 산소에 가면 꼭 뜯어 오시잖아요."라면서 딸도 짐짓 아는 체를 한다.

시아버님이 돌아가신 지 어언 십수 년. 5월 5일 어린이날 공휴일, 별다른 병이 없이 팔순이 넘으신 아버님이 아들 며느리

열 명을 다 모아 놓고서 갑자기 쓰러지셨다. 그날은 서울에 살던 우리 다섯 동서들이 시골집에 모여 산나물을 하러 가자고 약속한 날이었다. 지금껏 한 번도 간 적이 없는 산나물 나들이었다. 사실 나물 종류도 잘 몰라 기껏해야 고사리나 취나물 정도니, 딱히 산나물 나들이라기보다는 오랜만에 모이는 형제들의 봄나들이인 셈이다. 이 사실을 알리자 아버님은 우리보다 더 좋아하셨다. 아들 며느리가 다 모인다니 얼마나 흐뭇하셨을까. 그날 이른 아침 부슬비가 내리길래 차질이 생길 것 같아 전화를 드렸더니 "봄비가 오면 얼마나 오겠냐. 걱정 말고 얼른 오너라." 하시던 말씀이 지금도 귓가에 생생하다.

이 말씀이 마지막이 될 줄이야. 그날 아침밥을 시골집에서 먹기로 하고 새벽같이 내려갔는데 아버님은 이미 사경을 헤매고 계셨다. 매일 하시는 뒷산 산책길에서 돌아오시자마자 쓰러지신 것이다.

아버님이 살아 계실 땐, 해마다 봄이 오면 우리 내외는 아버님이 좋아하시는 생선을 사들고 시골로 내려갔었다. 두 노인만 사시는 산 아래 외딴집. 일제시대에 신식 교육을 받고 젊었을 때에는 도시 생활을 했던 아버님인데 이제는 초야에 묻혀 자식들이 들락거리며 반찬거리라도 사 들고 찾아뵙지 않으면 그야말로 '나물 먹고 물 마시는' 자연인의 소박한 삶이었다. 냉이랑 봄나물이 돋기 시작했다는 아버님의 성화에는 어느 자식보다 나물을 좋아하는 넷째 아들 내외가 올봄에도 내려오려니 내심 기다리시는 눈치였다. 아롱거리는 봄볕에 고부가 앉아 냉이를 캐면 "여기 있다, 저기도 있다." 하시며 뒷짐을 지고 앞장서시던 아버님의 모습이 지금도 눈에 선하다.

겨울을 이겨 내 뿌리가 실하고 향이 진한 붉은 냉이, 흙을 한 삽 뜨면 보석같이 쏟아지던 달래 무더기, 빈 밭이랑의 포슬포슬한 흙 속에서 줄줄이 나오는 쏙새 뿌리의 향연. 갖가지 나물을 캐며 즐거운 비명을 지르면, 아버님은 "나물 많이 했나?" 하시며 어느새 다가와 활짝 웃으셨다. 그리고 이른 봄에 나오는 어린 풀들은 독이 없어 웬만하면 먹어도 된다고 덧붙이시곤 했다. 자연 그대로의 것이 얼마나 몸에 좋은지 철없는 며느리에게 깨우쳐 주고 싶었던 것일까.

봄볕에 한나절 나물을 캐고 나면 허리도 아프고 손은 흙투성이가 되지만 마당 가에 펼쳐 놓고 다듬을라치면 부자라도 된 듯 뿌듯했다. 이런 며느리를 보고 아버님은 "네가 이제 살림 맛을 아는구나."라며 대견해하셨다.

들나물이 끝날 때쯤이면 시골집 뒷산에는 산나물이 나기 시작했다. 요즘은 갈잎이 쌓여 구경도 못하지만 그때엔 취나물이 간간이 있어 어쩌다 뜯어 오면, "나물 중에는 산나물이 최고다. 보약이다." 하시지 않았던가. 귀한 것이라 아버님 드시라고 내 놓으면 도로 다 싸 주셨던 기억이 아련하다.

우리는 올해도 낙향한 큰형님 댁에 모여 아침부터 서둘러 일찌감치 제사상을 준비했다. 틈을 내어 산소에 가기 위해서다. 승용차를 타고 큰길에서 산길로 꼬불꼬불 십 분 정도 달리면 산 밑에 도착한다. 여기서부터는 가파른 산길을 걸어서 올라가야 한다. 그냥 가기도 힘겨운데 어쩌다 취나물이 보이면 우리는 그것을 뜯으려고 산등성이로 흩어져 안간힘을 쓰며 숨을 몰아쉰다. 그러다가 살진 고사리라도 눈에 띄면 횡재라도 만난 듯 큰 소리로 자랑한다.

아버님은 자식들에게 산나물을 먹이고 싶으셨던 걸까. 이제는 건강식품 중 으뜸이 된 산나물을 아버님은 자식들에게 먹이고 싶으셔서 이 봄날에 돌아가신 게 아닐까.

산소가 있는 데까지 오르다 보면 온몸이 땀투성이가 되지만, 오월의 신록은 햇빛에 반짝이고 청량한 바람은 등줄기의 땀을 씻는다. 물 한 모금으로 갈증을 식히고 어느새 아버님 산소 옆 구렁진 곳에 산딸기나무가 무성한 곳으로 발길을 향한다. 그

덤불 속을 헤치면 실하고 윤기 나는 취나물이 소복이 모여서 나를 반긴다.

'자은이 에미구나, 나물 많이 했나? 여기 실한 취나물이 있다.'

어디선가 아버님 목소리가 들려오는 듯하다. 다른 사람들은 발견하지 못하고 지나치는 곳, 탐스럽고 실한 취나물을 하나하나 뜯으면서 나는 아버님의 숨결을 느낀다. 이 며느리를 위해 준비한 아버님의 선물이라고 생각하면서….

(2009. 봄)

텃밭을 가꾸다 보니

자동차에서 급히 내리니 텃밭이 한눈에 들어온다. 땡볕 속에 주렁주렁 매달린 빨간 고추가 사열이라도 받으려는 듯 가지런히 매달려 있다. 옆 두렁에는 방울토마토가 무게를 이기지 못한 채 땅에 닿아 있다. 잔디는 초록으로 빛나고 성큼 자란 들깨는 내 키만큼이나 커져 바람에 일렁이며 반긴다.

5일 만에 찾은 시골에선 이미 가을이 익어 가고 있었다. 우선 툇마루에 짐을 내려놓고 현관문을 열기도 전에 마당을 한 바퀴 돌아본다. 무궁화꽃은 환하게 피었고 아치형 대문을 기어오르는 인동초 꽃엔 벌이 앵앵거린다. 정성껏 심어 놓은 무씨는 뾰족이 말간 얼굴을 내밀고 있고, 배추 모종도 잘 살아 붙었다.

이 여린 것들을 보며 올해는 잘 가꿔야지 다짐한다. 지난해에는 농약을 치지 않은 유기농 배추를 키워 보겠다며 손으로 일일이 벌레를 잡았지만, 결국 구멍이 숭숭 뚫린 배추로 김장을 하지 않았던가. 의욕만 앞선 어설픈 초보 농사꾼의 전형적 실패담이다. 하지만 이런 어처구니없는 일에도 불구하고 처음엔 시골의 텃밭이 몸과 마음의 활력소가 되는 것도 같았다.

결실의 가을 앞에 서 있자니 그간의 노고가 주마등처럼 스쳐지나간다. 어설픈 삽질로 허리를 다쳐 병원에 드나들던 일, 무리하게 일을 하다 서울 집에만 오면 감기몸살로 며칠씩 앓고 또 금요일이면 어김없이 시골로 내려가던 일. 그동안 고추는 병충해가 없는지, 애호박은 너무 크지 않았는지, 예쁜 가지는 얼마나 달렸는지, 며칠 동안 못 보면 궁금증이 나서 웬만한 일은 다음으로 미루고 텃밭으로 달려가던 5도(都) 2촌(村)의 생활이다.

나는 어릴 때부터 꽃과 식물을 유난히 좋아했다. 그러다 중년에는 서울에서 주말농장 텃밭을 잠깐 하면서 손수 키워 먹는 채소의 맛을 알게 됐고, 기회가 있을 때마다 시골 산자락에서 봄나물을 캐던 기억은 내 인생의 휴식처가 될 만큼 중요한 부분으로 자리 잡았다. 이러저러한 이유로 나의 텃밭 생활에 대한 애정은 남들보다 좀 더 각별한 게 사실이다.

우리 부부도 처음에는 복잡하고 피곤한 서울을 떠나, 맑은 공기 속에서 정원에 나무를 심고 예쁜 꽃을 가꾸고 사색하면서 욕심 없이 여유롭게 사는 전원생활을 상상했었다. 하지만 지금 생각해 보면, 이미 텃밭을 하기로 한 그 순간부터 꽃을 가꾸고 책이나 읽는 여유로운 생활은 불가능한 일이었을지도 모르겠다. 하여튼 시골집이 생기고부터는 여유는커녕 쉴 새 없이 바빠졌다.

처음 집을 지으면서 텃밭을 만들어 무공해 푸성귀를 가꾸어 먹을 거라 했더니 무리하면 병원비가 더 든다며 너무 욕심부리지 말라고 충고하는 지인들이 있었다. 하지만 그때 나는 내심 '백 평도 안 되는 텃밭이니 힘들면 얼마나 힘들겠나, 혹 힘들면 적당히 조절하면 되지.'라고 쉽게 생각했다.

그러나 '모든 채소를 유기농으로 감당할 수 있을 만큼만 적당히 키우자'던 우리의 소박한 목표는 알고 보니 그 자체로 충분히 거창한 것이었고, 그걸 깨닫고 나서부터는 되는 대로 자연이 주는 만큼만 거두자는 생각으로 마음을 비웠다. 그런데 사람 마음이 참 이상하다. 이렇게 마음을 비웠다고 생각했는데도, 막상 상처뿐인 우리 텃밭 몰골을 보면 남들의 깔끔하고 예쁜 채소와 비교가 되어 그대로 보고만 있을 수가 없는 것이다. 그래서 결국 최소한의 약이라도 치게 되고, 이것저것 하다 보면 조금만 더 조금만 더 하다가 양도 두 배가 되고 노동은 네 배가 되어버린다.

나는 직접 농사를 지어 본 적은 없지만 어린 시절을 시골에서 성장한 탓인지 성인이 되어 지금까지 도시에서 살면서 숨가쁘게 돌아가는 도시의 삶의 방식에 지쳐 있었다. 이럴 때 피곤한 몸과 마음을 한적한 시골 마을에 눕히고 싶은 것은 자연스러운 일이었을 것이다. 젊은 시절을 도시에서 살다가 노년에는 전원생활을 하는 것은 비단 나뿐만 아니라 많은 사람이 이상적으로 생각하는 삶이 아니던가.

그래서일까. 시골의 전원생활은 저절로 마음이 순화되고 느긋해지고 욕심도 없어지는 줄 알았다. 하지만 3년째 들어서는 요즘에 와서야 조금씩 깨달아지는 게 있다. 쳐다보기도 아까워 어쩔 줄 모르던 예쁜 토마토, 호박, 가지, 상추, 고추들은 어느덧 나만의 아이들이 되고, 이들에게 쏟는 애정은 어느새 더 아름답고 더 풍성하게 나에게 되돌아오길 바라는 욕심으로 변해 간다. 텃밭을 좀 더 잘 가꾸고 싶은 마음은 어쩌면 세속의 때가 묻지 않은 순수한 마음일지도 모른다. 그러나 이런 나의 욕심은 전원의 한적함과 여유로움을 갉아 먹힌다. 아무리 순수하게 시작한 마음이라도 과하면 결국 욕심이 되고 집착이 되기 마련이다. 이래서야 도시의 번잡하고 복잡한 마음과 다를 게 무엇일까.

　마당을 서성이며 별이 총총 떠 있는 밤하늘을 올려다본다. 이윽고 자연스럽게 텃밭 쪽으로 시선이 간다. 깜깜한 어둠뿐, 아무것도 보이지 않는다. 머릿속이 편안해진다. 맞아. 모든 것은 내 마음에서 비롯되는 것을. 빛나는 별 하나를 쳐다보며 '내년부터는 텃밭을 줄여야지. 줄여야겠다.' 다짐하듯, 되뇐다.

(2019. 겨울)

3부

연분홍으로 핀
진달래

연초록 잎 사이로 바람에 흔들리는

그 꽃잎은 시름을 잊은 듯 말갛게 웃고 있는 것 같았다.

이것은 철쭉이 아니라 모든 한을 풀고

아름답게 승화된 진달래의 또 다른 모습이지 않을까.

붉은색이 연분홍으로 희석되듯,

남북 간의 두 정상이 오랜 적대 관계를 풀고 악수를 했다.

세월은 조금씩 동족상잔의 아픔을 풀어내려고 애쓰고 있다.

그러다 보면 핏빛 같은 상처도

언젠가는 아물 날이 올 것이다.

– 〈연분홍으로 핀 진달래〉 중에서

요셉의원 사람들

영등포 전철역 하차, 계단을 올라 개찰구를 통과해서 다시 엘리베이터를 타고 내리면 바로 역 뒷길이 나온다. 사람들이 북적이는 쇼핑가와 화려한 백화점으로 연결되어 있는 영등포 역의 앞모습과는 달리 뒷길은 음습하고 침침하다. 이곳에는 아직도 술에 취해 잠이 덜 깬 듯한 노숙자들이 건물 담장 밑에 웅크리고 앉아 있거나 누워 있다. 오랫동안 여러 번 다닌 길인데도 아직도 적응이 안되는 길이다.

길을 건너 불과 2, 3분 30여 미터를 걸어가면 이곳이 서울일까? 라는 생각이 들 만큼 초라한 동네가 눈앞에 나타난다. 양철 지붕 위에 전깃줄이 얼기설기 엉켜져 있는 작은 방들이 밀집된 쪽방촌. 어디서 풍기는지도 모르는 퀴퀴한 냄새. 둘이

서 나란히 서기만 해도 꽉 차는 좁디좁은 골목길을 빠르게 지나면 오래된 삼층 슬래브 건물이 구세주인 양 숨통을 트이게 한다.

바로 요셉의원이다. 가난하고 소외된 이웃의 눈물을 닦아주는 곳. 이곳은 의료보험증이 없어 병원에도 못 가고 약값조차 내지 못하는 사람들이 위로받고 치료받을 수 있는 무료 자선 병원이다.

얼른 문을 열고 건물 안에 들어서면 문지기 아저씨가 "어서 오세요. 감사합니다." 하며 넙죽 인사를 한다. 금세 마음이 따뜻해진다. 그는 알코올 의존증 환자로 거리를 떠돌다가 이 병원에서 재활 치료를 받고 근무 중이다.

매주 목요일은 우리 레지오 단원들이 이곳에서 점심 봉사를 하는 날이다. 어언 15년, 그동안 더러 중간에 쉬기도 했지만 그래도 다시 할 수 있게 되어 참 다행이다. 앞치마를 두르고 주방에 들어선다. 오늘 메뉴는 떡국이다. 이미 주방 책임자 마리아가 먼저 와서 준비해 놓은 다시 국물이 설설 끓고 있다. 다듬고, 썰고, 양념하고 간을 맞추고⋯ 평생을 주부로 살아온 우리의 손놀림이 척척 잘 맞는다. 우리가 만드는 점심은 병원 봉사자들을 위한 소박한 음식이다.

한편 맞은편 조리대에서는 3시부터 시작되는 진짜 노숙자들을 위한 본격적인 음식 준비가 한창이다. 규모와 재료부터 우리의 점심 봉사와는 차원이 틀리다. 삼계탕을 할 모양이다. 삼백여 명이 먹는 노숙자의 성찬은 항상 그들의 영양 상태를 고려하여 영양가 높은 신선한 육류와 채소가 푸짐하게 준비된다. 영계를 산더미처럼 쌓아 놓고 아침부터 요셉 아저씨가 능숙하게 손질을 하고 있다. 그는 전직 주방장이었으나 알코올 중독자로 폐인이 되었다가 이곳에서 치료를 받고 다시 요리사로 복귀한 분이다. 아픔을 극복하고 자신을 도와준 이곳에서 이제는 자원봉사를 하고 있으니 이보다 더 보람된 삶이 어디 있을까. 사실 이곳에는 문지기 아저씨나 요리사 요셉 아저씨처럼 이곳에서 갱생을 찾은 분들이 다시 봉사하는 경우가 가끔 있다.

　자원봉사자로 운영되는 요셉의원은 영등포의 슈바이처라 불리는 고(故) 선우경식 원장이 극빈층을 위해 세운 병원이다. 노숙자, 극빈자, 외국인 근로자, 알코올 중독자…, 이들이 요셉의원 단골 환자들이다. 선우 원장은 대학병원 교수 자리도 마다하고 결혼도 하지 않은 채 20여 년 동안 이 사람들을 치료하고 돌보다가 몇 년 전 세상을 떠났다. 그는 평소에 입버릇처럼 '의사에게 아무 보답도 해줄 수 없는 환자야말로 진정 의사가 필요한 환자'라고 말했다. 그의 희생과 헌신이, 지금은 100여 명이 넘는 의사와 간호사, 500여 명 자원봉사자의 마음속에 뿌리를 내렸다.

사실 몸이 아픈 사람들이야 치료하고 약 주고 정 안 되면 수술이라도 해 주면 되지만, 여기 쪽방촌 사람들은 몸에 난 상처보다도 마음의 상처에 아파하는 사람들이 대부분이다. 그래서인지 이 병원의 봉사자들은 아무리 지저분하고 냄새 나는 노숙 환자들이라도 인생의 패배자가 아니라는 것을 심어 줄 수 있도록, 사람답게 대접하는 데 최선을 다한다고 한다. 다음은 진료를 하는 의료원장의 체험담이다.

"요셉의원에 종종 들러 목욕 봉사를 해 주시는 분이 있습니다. 언젠가 그분이 병원에 오신 날, 하반신을 못 쓰는 행려 환자가 실려 왔어요. 얼마나 오랫동안 못 씻었는지 몸 전체에서 심한 악취가 났어요. 치료를 위해서 발과 항문을 꼭 씻겨야 하는데 다들 엄두를 내지 못하고 있었습니다. 그때 그 봉사자께서 조용히 그 행려 환자의 옷을 벗기더니 환자의 발에 따뜻한 물을 몇 번 적시더군요. 그리고 그 발에 입을 맞추었지요. 그때 그 봉사자의 표정은 전혀 악취라곤 나지 않는 것 같은 평온한 표정이었습니다. 그리곤 발과 항문 주변까지 깨끗이 씻기 시작했습니다. 세상에 천사가 있다면 저런 모습이 아닐까 하는 생각이 저절로 들더군요."

진료는 오후 1시부터 시작되지만, 허름한 병원이 활기를 띠기 시작하는 건 어스름이 깔리는 저녁 시간부터다. 각자의 하루 일과를 끝낸 의사와 간호사들이 자원봉사 진료를 하러 모이기 때문이다. 그 전에 미리 나와서 의사들이 진료에만 전념할 수 있도록 아무 대가도 바라지 않고 일하는 봉사자들이 있다. 하루종일 묵묵히 청소하는 분들, 술 취하고 더러운 행색으로 밀려드는 환자들을 정성스레 씻기는 분들, 음식 봉사를 하는 분들 등 그들은 냉정한 사회로 인해 상처받고 쓰러졌던 이들이 다시 세상 속으로 돌아가려 노력하는 모습을 보면서 하루에도 수십 번 '감사하다'는 말을 하게 된다고 말한다. 자신을 둘러싼 모든 것으로부터 감사함을 배울 수 있어 고마울 뿐이라고.

한 달에 한 번, 요셉의원에서 돌아오는 길은 언제나 마음이 뿌듯하다. 그런 천사 같은 봉사자들에게 소박한 점심 한 끼를 해 드림으로써, 나도 그들의 '고마운 마음' 한 조각을 나눠 받을 수 있어서.

(2013. 겨울)

미(美)의 소유

영하 20도를 오르내리는 추운 날씨다. 눈까지 쌓였으니 온 천지가 새하얗다. 몇 년 전 같으면 '눈이 예쁘게 쌓였구나.' 하고 눈을 즐겼을 텐데, 시골에 세컨하우스를 하나 마련해 놓은 후론 이렇듯 추운 날씨가 연속되면 수도 계량기 동파 걱정부터 앞선다. 첫해에 수도 계량기가 터져 얼마나 을씨년스러웠던가. 인부를 구할 수 없어 하루종일 동동거리며 추위에 떨었던 기억이 생생하다. 결국 우리 부부는 마음 졸이며 시골집으로 달려갔다. 다행히 도로는 말끔히 치워져 있어 한달음에 갈 수 있었다.

겨울에는 텃밭 일도 없고 난방비도 만만찮아 시골집엔 2주에 한 번씩 내려가고 있다. 세상이 좋아진 탓에 휴대폰 원격

조종으로 난방을 켜놓고 오니, 극한의 날씨에도 집안은 따뜻했다. 다행히 수도는 안전했고 거실엔 항아리 뚜껑에 심어 놓은 미나리가 새파랗게 자라 봄기운이 넘실대고 있었다.

한낮이 되자 따사로운 햇볕이 툇마루에 내려앉아 나를 불러낸다. 장독대에 소복이 쌓인 눈은 고향인 듯 아늑하고, 빈 나뭇가지에 얹힌 눈은 새들이 들락거려 눈발이 되어 사방으로 흩어진다. 얼어붙을 것 같은 찬 공기. 한겨울의 적요. 이 한가로움이 나에게는 쓸쓸함이 아니라 풍요로움이다. 계량기 동파 걱정이 없었으면 험한 날씨에 일부러 시골집에 내려올 생각도 하지 않았을 텐데, 이 멋진 풍경을 보니 동파 걱정을 불러일으킨 계량기에 감사해야 할 지경이다.

역시 눈 풍경을 즐기기엔 시골집이 제격이다. 집 주위를 한 바퀴 돌아보는데 윗집인 둘째 형님댁은 오늘도 인기척이 없다. 올겨울엔 아예 오시지 않으려나 보다. 올려다보니 처마 밑에 고드름이 주렁주렁 달려 햇빛에 반사되어 반짝이고 있다. "고드름, 고드름, 수정 고드름…" 정겨운 동요를 입속으로 가만히 불러본다. 문득 초가집 추녀 끝에 매달린 고드름을 따서 먹으며 놀던 어린 시절이 아스라이 떠오른다.

이 아름답고 찬란한 풍경을 우리만 보기 아까워 아이들에게 눈 덮인 앞마당과 고드름을 휴대폰으로 찍어 SNS로 보냈다. 이내 함성이 들릴 것 같은 이모티콘과 함께 찬탄이 쏟아진다. '와, 고드름 진짜 오랜만에 본다.' '정말 예쁘다.' '역시 시골이야!' 그러나 곧이어 관찰력이 뛰어난 둘째가 '우리 집 고드름이 아니네. 둘째 큰엄마네 고드름이잖아. 우리 집엔 고드름이 안 달렸나 봐요.' 하는 문자를 보냈다. 살짝 실망한 눈치다. 순간적으로 '보고 즐기는 사람이 주인'이라는 답변을 보냈더니, 아이들은 일제히 '옳으신 말씀이네요.'라며 수긍한다.

언뜻 평범해 보이는 이 문구를 내가 처음 발견하고 마음속에 담은 것은 피천득 선생님의 수필 〈비원〉에서였다. 피천득 선생님은 '미(美)는 그 진가를 감상하는 사람이 소유한다.'고 하셨다. 〈비원〉 중 내가 좋아하는 문장을 발췌해 봤다.

비원의 꾀꼬리 소리, 유럽의 어느 작은 도시, 분수가 있는 광장… 그것들은 내가 바라보고 있는 순간 다 나의 것이 된다. 그리고 지금 내 마음 한구석에 간직한 나의 소유물이다. 주인이 1년에 한 번 오거나 하는 별장은 그 고요함을 별장지기가 향유하고, 꾀꼬리 우는 숲은 산지기 영감만이 즐기는 법이다.

지난가을 둘째형님네 이층에서 내려다본 큰형님네 정원은 너무나 아름다웠다. 직접 큰형님네 정원에 들어가서 보는 것보다 훨씬 더 풍만하다. 옆으로 늘어진 소나무 가지의 멋스러움, 줄줄이 선 마당가의 향나무, 아름드리 단풍나무는 그 붉은 빛이 하도 고와서 차라리 처연하다. 반면 둘째형님네 마당의 장미와 함박꽃은 직접 가서 보는 것보다 우리 집에서 감상하는 것이 더 우아하고 멋지다. 반대로 인동초꽃이 아치를 뒤덮은 우리 집 대문은 둘째형님네 마당에서 내려다보는 게 훨씬 더 운치 있다. 또한 꽃향이 그윽하여 벌이 앵앵거리니, 집 안에 있는 우리보다는 집 앞을 지나가는 이웃 사람들이 그 향기와 벌 소리를 더 제대로 즐길 수 있다.

시골에 집을 짓는 이유는 수만 가지일 것이다. 하지만 그 이면에는 자연이 좋아서 자연의 아름다움을 즐기며 살고 싶다는 마음이 기본적으로 깔려 있다. 아름다운 풍경, 자연의 소리, 자연의 향기를 소유하고자 하는 마음이다. 시골에 내 소유의 집을 지으면 내 집, 내 집 마당, 내 집에서 보이는 모든 풍경이 다 내 것 같은 착각을 하게 된다. 하지만 자연의 아름다움은 소유하는 게 아니라 보고 느끼는 사람이 임자라는 진리는, 우리 삼 형제 집안에서의 자연 감상에도 고스란히 느껴진다. 우리 집 마당의 장미는 내 것일지 몰라도, 장미의 아름다움은 나의 소유가 아닌 것이다.

'무소유'를 몸소 실천하고 사셨던 법정 스님도 "다른 모든 욕심은 내려놓을 수 있는데, 아름다움에 대한 욕심만큼은 내려놓기가 힘들다."라는 말씀을 자주 하셨다고 한다. 그만큼 인간은 본능적으로 '아름다움'을 추구하는 존재라는 의미이리라.

뭐든지 소유해야만 직성이 풀리는 각박한 세상. 그러나 자연의 아름다움만큼은 누구나 소유할 수 있다니 얼마나 다행인가.

(2022. 봄)

서귀포의 황소

　제주도 서귀포, 바다가 보이는 언덕 위에 황소 그림이 장승처럼 높이 솟아 있다. '이중섭미술관' 입구에 있는 '소'의 화가 이중섭의 자화상이다. 〈황소〉는 붉은 노을을 배경으로 고개를 들면서 절규하는 듯하다. 응시하는 눈동자는 무언가 호소하는 것 같기도 하고 금방 눈물이 쏟아질 것처럼 애잔해 보이기도 한다.

　이중섭은 대표작인 〈흰 소〉나 〈황소〉뿐만 아니라 수많은 소 그림을 남긴 것으로 유명하다. 소를 통해 자신의 감정을 표출했기에 이 '소 그림'은 이중섭의 자화상이라고 알려져 있다.

　올레길을 걷다가 맞닥뜨린 서귀포의 명소, 이중섭미술관은 그가 낙원으로 여겼던 제주도 서귀포에서 6·25 전시에 피난살이 했던 집을 복원하고 미술관을 지어 그 주위를 공원으로 꾸민 곳이다.

미술관으로 올라가는 오솔길은 흰 모자이크 무늬로 새겨져 낭만적이고, 담쟁이 넝쿨로 뒤덮인 돌담 위로는 작은 새 떼가 날고 있어 평화로운 분위기다. 미술관 안에는 그의 유작과 편지가 전시되어 있다니 더욱 마음이 바빠진다.

미술관은 이중섭의 서귀포 생활을 그대로 담고 있었다. 바닷가의 감귤 밭에서 천진스러운 어린아이가 노란 감귤을 따서 구럭에 담고 들것에 나르는가 하면 흰 갈매기를 타고 하늘을 날기도 하는 광경을 상상한 유화 〈서귀포의 환상〉, 서귀포살이의 두 아들을 그리워하며 그린 〈게와 두 아이들〉, 두 마리의 봉황이 서로 닿으려고 애쓰는 아내와의 간절한 재회의 열망을 표현한 〈부부〉, 아들에게 보내는 편지에서 가족을 소달구지에 태우고 자신은 황소를 끌고 따뜻한 남쪽 나라로 가는 환상 속의 〈길 떠나는 가족〉까지….

그 기법은 해학적이고 익살스러워 저절로 입가에 미소를 짓게 하지만, 행복했던 가족의 사연과 그리움을 담고 있어 더욱 애절하게 느껴졌다. 특히 일본인 아내 이남덕이 영양실조로 병이 들어 두 아들을 데리고 친정인 일본으로 간 뒤 주고받은 애절한 그림 편지 앞에서는 발걸음이 떨어지지 않았다.

"역사상에 나타난 애정의 전부를 합치더라도 우리가 서로 사랑하는 것에는 비교가 되지 않을 거요. …예술은 무한한 애정의 표현… 그립고 그리운 당신을 만나기 위해서… 태성이와 태현이가 너무 보고 싶소. 기다려 주오."

아내와 두 아들에 대한 그리움이 절절하다.

시대를 잘못 만난 불운한 천재 화가, 자신과 민족의 애환을 '소'로 표현한 화가로만 알고 있었는데, 서귀포 생활을 그린 그림들과 편지를 함께 보니 이중섭의 인간적인 고뇌가 더욱 생생하게 다가왔다. 그는 가족의 장래를 위해 사력을 다해 그림을 그렸다. 담배갑 은박지에도 그렸고 연필이나 못으로도 그렸다. 외로워도 그렸고 그리워도 그렸다. 그림의 중심에는 가족이 있었다. 동가식서가숙하면서도 가족과의 재회의 날을 기다리며 황소 같은 화력으로 그리고 또 그려, 가장 위대한 한국적인 화가라는 명성을 얻었다. 하지만 계산에 약하고 순진무구해 끝내 그림을 생활로 연결시키지는 못했던 것 같다. 그렇게도 목메어 그리던 처자와 재회하지 못하고 아무도 없는 병실에서 40세의 젊은 나이에 정신병과 간염으로 비극적인 종말을 맞는다.

나는 미술관을 나와 가족과 마지막으로 일 년 동안 살면서 행복했던 그의 집으로 향했다. 작고 초라한 움막 같은 집, 제주도의 거센 바람에 날아갈까 굵은 새끼줄로 꼭꼭 얽어 놓은 초가지붕, 그 아래 낡은 툇마루에 비녀로 쪽진 노인이 그림처럼 앉아 있었다. 이 집 주인이라는 88세 할머니는 "그 양반이 그렇게 유명한 사람인지 몰랐네요. 그 집 새댁하고는 보리 이삭 주우러 참 많이 다녔는데…. 바깥양반은 맨날 애들하고 저기 '자구리 바당'에 물고기나 게를 잡으러 나갔지요."라고 말하며 '이중섭이 살던 방'이라고 팻말이 붙은 쪽문을 가리킨다. 문을 여니 토굴처럼 침침하고 좁은 방이 두 평도 안 돼 보인다. 기골이 장대한 이중섭이 누우면 꽉 차 버릴 것 같은 골방. 이런 곳에서 네 식구가 포개져 살을 비비며, 먹을 것이 없어 게와 해조류와 보리 이삭으로 연명을 하면서도 행복했다니….

마당에 서면 서귀포 앞바다를 수놓은 작은 섬들이 고요하고 평화로운 마을. 멀리 문섬, 섶섬, 새섬이 꿈꾸듯 손짓한다.

문득 주인 할머니가 말해 준, 이중섭이 두 아들을 데리고 게를 잡았다던 '자구리 바당'이 보고 싶어졌다. '바당'은 제주도 말로 바다라는 뜻이다. 5분쯤 큰길을 건너 골목길을 빠져나오니 곧바로 바닷가다. 이곳이 바로 '자구리 바당'인가. 흰 파도는 바윗돌에 부서지고 이 바윗돌 어디쯤인가 게를 잡아 즐거워

했을 아이들의 웃음소리가 환청처럼 들려오는데 그리운 가족과 떨어져 황소처럼 울부짖는 이중섭의 모습이 겹쳐진다.

사랑하는 아내와 두 아들과 함께했던 단 1년 동안의 서귀포 생활은 절절한 그만의 작품을 탄생시켰다. 가족들의 모습을 담은 천진한 아이 같은 작품들을 통해 가족에 대한 그리움을 삭히다가도 참을 수 없는 고독과 외로움에 황소처럼 일어나 울부짖었던 것은 아닐까.

근대사의 화단(畵壇)에 가장 빛났던 화가 이중섭. 그러나 파란만장한 그의 삶은 날개 부러진 천사처럼 애처롭기만 하다.

(2010. 여름)

돌아온 목요일

목요일 아침이다. 오늘은 여느 때와 달리 새벽부터 부산하다. 일주일에 한 번 수필 공부하러 가는 날, 나의 심성을 깨우는 날이기 때문이다. 조간신문도 보는 둥 마는 둥 아침상 차리기에 여념이 없다. 반찬도 두어 가지 더해서 집에 있는 사람의 점심도 챙겨야 하고 설거지까지 끝내려면 시간이 빠듯해 허둥거린다.

이런 나에게 "바쁠 때는 좀 간단히 하고 한 끼 정도 라면이라도 먹으면 되지, 왜 그렇게 피곤하게 사냐."라고 안쓰러운지 남편이 한마디 한다.

그러나 그건 모르는 말씀이다. 일주일에 단 하루 가정주부가 일상에서 벗어나 온전히 나를 위한 하루를 시작하는 날인 것을. 목요일은 어느 날보다도 식구들에게 완벽한 모습이고 싶다.

돌이켜보면 얼마나 망설이다 다시 시작한 공부인가. 여고 시절에 꿈꾸던 글공부가 결혼과 더불어 묻혀 버리고 아이 셋을 키우며 나는 꿈을 접었다. 때때로 잠 못 드는 밤이면 "언니는 결혼하지 말고 꼭 유명한 소설가가 되세요."라는 문예반 후배의 말이 환청처럼 들렸지만, 그 환청은 아이들의 잠든 얼굴 뒤로 도망치듯 사라지곤 했다. 나는 점점 책을 멀리하는 생활인이 되어갔다.

그러다 아이들이 성장하고 내 나이 지명(知命)을 넘긴 어느 날, 불현듯 글공부를 시작한 곳이 이곳 목요 수필반이었다. 사실 글공부하는 곳이라는 것만 알고 수필반인지도 모르고 갔는데 L선생님의 명강의에 빠져 버렸던 것이다. 글공부를 한다는 생각만으로도 목요일 아침만 되면 생기가 돌았다. 정말 열심히 다녔다. 하지만 처음 글을 쓰기까지는 적지 않은 시간이 걸렸다. 오죽했으면 같이 공부하던 선배가 결석은 해도 좋으니 글 한 편 써 보라고 할 정도였다. 그 말이 자극이 되어 글을 쓰기 시작하여 몇 편의 글을 쓴 후에 '등단'이라는 이름표를 달았다.

그런데 이게 어찌 된 일인가. 등단만 하면 자신감이 생겨 수필이 술술 잘 써질 줄 알았는데 오히려 글이 더 써지지 않는 게 아닌가. 잘 써야 한다는 욕심이 앞서서일까. 등단을 했으니 수필가다운 글을 써야 한다는 사명감 때문일까. 이런 글에 대한 압박감은 더더욱 나를 움츠리게 만들었다. 그러던 중 설상가상으로 건강에 빨간불까지 켜졌고 결국 나는 스스로 나의 목요일을 반납하기에 이르렀다. 원고 청탁서가 날아와도 쓸 수가 없었다. '나는 이제 영영 글을 쓸 수가 없구나.' 빈 나뭇가지 사이로 이는 겨울바람 소리가 가슴을 훑고 지나갔다.

4년을 그렇게 보내고 나니 감성은 점점 무뎌졌고 도대체 생활에도 활력이 없었다. 하지만 문학에 대한 그리움은 호시탐탐 고개를 쳐들었다. 마음을 가다듬고 우선 수필집을 펼쳐 들었다. 여전히 좋은 글을 읽고 나면 가슴이 뛰었다. 다시 도전해 보고 싶었다. 우선 내 빈약한 정신세계를 위해 여러 분야의 공부를 해야겠다는 생각이 들었다. 문화센터에 나가 철학을 공부하고 미술사 강의도 들었다. 그러나 역부족이었던지 여전히 허우적거리기만 했다. 목요 수필반이 그리웠다.

그러던 차에 마침 중국 문학 기행을 가게 되어 L선생님을 뵙게 되었다. 선생님은 나에게 다시 수필반에 나오라고 하시면서, 집에 있으면 글이 써지지 않으니 꼭 나오라고 재차 전화까지 주시는 게 아닌가. 마치 내 마음을 꿰뚫어 보시는 것 같았다.

장소가 바뀐 목요 수필반은 여전히 활기차고 L선생님의 강의는 다시 들어도 새롭다. 함께 공부하던 문우들은 몇 안 되고 낯모르는 얼굴들로 가득 찼지만, 그 열기는 시간 가는 줄 몰라 2시간이 금방 지나간다.

마음을 다잡고 처음 목요 수필반의 문을 두드리던 때를 떠올리며, 그때보다 더 귀 기울여 이 시간을 천천히, 그리고 찬찬히 음미해 보고자 노력한다. 예전과 비슷하지만, 또 다른 이야기들. 예전에 들어본 것 같지만 전혀 다르게 느껴지는 깊이들. 전에는 선생님의 이야기만 들렸는데 이제는 문우들의 이야기도 들린다. 이토록 다양한 인생이라니.

이곳에서는 갖가지 삶의 모습들이 펼쳐지고 있었다. 6·25 전쟁을 겪은 파란만장한 이야기, 오직 잘살아 보고자 산업전선에 뛰어들어 오늘을 일군 역군들의 성공담, 지아비를 잃고 꿋꿋이 현실을 살아내는 이야기, 그날이 그날인 일상에서 발돋움하려는 글까지. 처음에는 삶의 애환으로 살아가는 이야기들이, 열심히 공부하고 쓰고 또 쓰는 각고의 노력을 거치면서 아름다운 수필이 탄생한다. 삶 속에서 인생을 다시 발견하는 과정이 너무나 경이롭다. 그 모습을 지켜보면서 저절로 나 자신을 되돌아보게 된다.

이제야 조금씩 알 것 같다. 나는 어찌 그리 급했을까. 등단이 글의 시작이라는 걸 그땐 왜 미처 깨닫지 못했을까. 왜 노력도 하지 않고 좋은 글만 탐했을까.

공부에 왕도는 없다고 했다. 수필도 마찬가지다. 이 뻔한 진리를 다시 한 번 느끼게 해 주는 목요일이 오늘도 어김없이 돌아왔다. 선생님은 '수필은 삶을 생각하는 문학이다.'라고 누누이 말씀하셨다. 나도 평범한 주부의 삶일지라도 소중히 여기고 그 속에 녹아있는 보석 같은 수필을 열심히 찾아봐야겠다.

오늘 수업도 수필의 진수를 찾기 위한 열기로 가득할 것이다.

(2015. 봄)

1999년의 금강산

　오십여 년 만에 금강산 관광의 문이 열렸다. 분단의 아픔 속에서도 그곳에 갔다 온 사람들은 금강산의 아름다움에 대해서만 극찬하지만, 내가 가본 1999년의 금강산은 냉기가 서린 착잡한 여정이었다.

　우연한 기회에 행운을 얻어 여행사를 찾았을 때, 나를 제일 먼저 맞아 준 것은 풍악산을 배경으로 한 현란한 색채의 관광 포스터였다. '이 세상에서 가장 아름다운 가을'이라는 낭만적인 문구는 내 가슴을 소녀처럼 설레게 했다. 나는 지루한 갱년기의 늪에서 헤어나오는 듯한 흥분마저 느꼈다.

　그러나 막상 배가 북쪽으로 떠나자 아름다운 금강산을 보러 간다는 즐거움보다 '내가 정말 북한 땅을 밟게 되나 보다.' 하는 두려움과 불안감이 온몸을 조여 왔다. 밤바다는 칠흑 같은 어둠 속에 별빛 하나 없는 망망대해였다. 물살을 가르는 흰 파도만이 배가 살같이 달린다는 것을 알려줄 뿐, 하늘에는 별 하나 뜨지 않았다. 객실에 홀로 앉아 선창(船窓)을 통해 밤바다를 내다보는 내 마음은 무겁기만 했다.

밤새 자고 나니 이북 땅에 와 있었다. 멀리 보이는 북한의 산하. 안개 속의 구름이 산허리를 떠가고 있다. 장전항에서 밟은 입국 수속은 외국에서보다 더 철저했다. 사진과 대조하며 훑어보는 눈매가 매섭다. 목에 통행증을 건 우리를 태우고 버스는 철조망이 쳐진 도로를 조심스레 달렸다. 도로 곳곳에는 인민군들이 보초를 서고 있었는데, 왜소한 체격에 까맣게 그을린 얼굴로 총을 겨누고, 부동자세를 취하고 있는 모습은 살벌해 보이기까지 했다. 금방 총소리가 나고 버스가 멈추어 버릴 것 같은 공포감에 나는 숨소리마저 죽여야 했다. 담배꽁초를 버리거나 사진을 찍는 것을 감시하는 것뿐이라는 설명에 긴장을 누그러뜨리면서도 으스스한 기분은 떨쳐 버릴 수가 없었다.

금강산 22개 코스 중에 우리에게는 두 곳의 코스만이 개방되었다. 첫날은 구룡폭포 코스였다. 금강문을 지나자 확 트인 옥류 계곡은 딴 세상 같았다.

운무 속에 들락거리는 기암괴석, 구슬을 쏟아 붓는 듯한 눈부신 물줄기. 비취색 그윽한 용소는 금방 선녀가 내려와 목욕이라도 할 것같이 청정했다. 길이가 육 킬로미터나 된다는 이 계곡은 온통 화강암으로 된, 서릿발 같은 기기묘묘한 바위와 간간이 섞인 청정한 푸른 소나무가 어우러져 신비한 기운마저 감돈다. 그 기개에 놀란 듯 단풍은 너무 고와서 오히려 애잔해 보인다.

군데군데 바위에 붉은 글씨로 커다랗게 써 놓은 선전 문구가 서슬이 시퍼렇게 다가왔다. 간담이 서늘했다. 초입에서 대리석 비석에 붉은 글씨로 쓴 선전 문구도 우리를 위압하지 않았던가. 그 비석 앞에 앉아 쉬려던 일행 중의 한 아주머니가 안내자에게 제지를 당해 무안한 듯 얼굴을 붉혔다. 오직 우리 남쪽 사람들만을 위한 개방. 이곳의 일반인들은 전혀 볼 수 없고, 안내자는 감시자 같아 말을 건네는 것조차 조심스러웠다. 손가락으로 가리켜도, 침을 뱉어도 벌금형이다. 아스라이 성벽같이 둘러싼 절벽 꼭대기의 나무들이 보초를 선 사람들처럼 무섭게 보인다. 실타래 같은 계곡을 올라가자니 구룡폭포의 우렁찬 굉음 소리가 답답한 마음을 달래주듯 시원했지만, 구룡연은 우리의 비색한 현실을 알고 있는 듯 천길 검푸른 모습이 처연하다.

우리는 각자 자기 쓰레기를 가지고 금강호로 되돌아와 잠을 자고 그 살벌한 입출국 수속을 반복했다.

만물상 코스로 가는 다음 날은 안개 속에 가을비가 을씨년스러웠다. 울울창창 소나무 숲을 지나 잣나무 능선을 넘어, 헤드라이트 불빛이 운해 속에 미로를 헤매듯, 버스는 아흔아홉 고개를 넘고 또 넘었다. 6·25한국전쟁의 막바지 보루였던 이 고개를 고립시켜 아군이 승리의 미소를 띠고 있을 때, 인민군은 그 험준한 바위산을 뚫어 보급로를 마련하여 마지막 승리를 거두었다 하여 '영웅 고개'라는 이름이 붙게 되었노라고 안내자가 자랑스럽게 설명했다. 수많은 인명을 앗아간 이 고개가 두절되었던 남북 간의 최초의 통로가 되었다는 사실은 역사의 아이러니가 아닐 수 없다.

휘몰아치는 안개 덩어리에 가려 귀면암과 절부암의 기막힌 비경이 나타났다간 사라지곤 해서 셔터를 누르려던 나는 울상이 되었다. "한 달에 사십 일 비 오고 안개 낀다."라는 속담이 이곳의 변덕스러운 날씨를 대변한다. 사진 찍는 걸 포기하고, 혹 안개가 걷혀 만물상이라도 볼 수 있으려나 기대하며 천선대로 향했다. 짙은 안개로 한 치 앞도 볼 수 없어, 일행과 나는 점점 멀어지더니 아무도 보이지 않았다.

순간 와락 무서움이 일어 발걸음을 재촉하다가 고갯길에서 북한의 안내 아가씨가 오도카니 서 있는 것을 발견했다. 비옷은 입었지만 안개비에 앞머리는 촉촉이 젖어 있고 입술은 약간 푸른빛으로 질려 있었다. 나는 너무 반갑기도 하고 그 모습이 안쓰럽기도 하여 말을 건네지 않을 수 없었다.

"이 궂은 날씨에 고생이 많네요."라는 말에 "고생이라니요. 이것은 행복이야요." 정색하며 빤히 쳐다보는 것이 아닌가. 순간 섬뜩한 기분이 들었다. 그리곤 금강호에서 받은 관광 교육이 생각났다. 자칫하면 체제의 비난과 동정으로 비치기 쉬우니 특히 언행을 조심해야 한다고 하지 않았던가. 찡하니 가슴이 아려 왔지만, 인간적인 접근을 하기엔 나는 너무 얼어 있었다.

더 말을 붙일 용기가 나지 않아 머쓱해서 앉아 있는데 일행 중의 할아버지 한 분이 올라오셨다. 초콜릿 한 봉지를 그 아가씨에게 건네자 외면했다.

"이건 아무것도 아니다. 할아버지가 손녀딸 같은 아가씨에게 정으로 주는 것이니 받아라."라고 할아버지가 노기 띤 음성으로 차분하게 타일렀다. 이어서 무어라고 나지막이 다독였는데 그녀가 멈칫거리다가 두 손으로 초콜릿을 받았다. 아, 나는 그제야 마음이 놓였다. 그 아가씨도 우리와 같은 정감을 지닌 동족인 것을.

진심으로 마음의 문을 열고 불신의 벽을 허문다면 통하지 않는 것이 어디 있으랴. 더군다나 한 핏줄로 이어진 민족이지 않은가. 촉촉이 젖은 아가씨의 눈망울이 가슴속에서 떠나지 않는다. 새천년에는 금강산의 냉기가 걷히기를 간절히 기도해 본다.

(2002. 가을)

연분홍으로 핀 진달래

새벽 다섯 시, 중산리의 아침이 밝아 왔다. 오늘은 천왕봉까지 네 시간, 하산길이 다섯 시간, 장장 아홉 시간의 긴 산행이다. 지리산 천왕봉까지 제일 가까운 이 코스는 가파른 산길이라 마음가짐부터 단단히 무장해야 된다고 한다. 날씨가 흐려 숲속의 어둠은 좀처럼 풀리지 않는다. 자칫 방심하다간 돌부리에 넘어질 것만 같아 가방끈을 다잡아 매고 물 한 모금으로 긴장감을 풀어 본다. 칼바위를 지나자 물소리가 정겹다. 7년 전 이곳에 왔을 때도 계곡은 보이지 않고 물소리만 요란스러웠는데…. 반가운 생각에 가다 말고 멈춰 서서 눈을 감아본다.

'지금도 그 자리에 진달래꽃이 피어 있을까?' 핏빛 진달래가 눈에 보이듯 아른거린다.

여전히 흐르는 물소리 때문인지 나는 더욱 마음이 바빴다.

전에 처음으로 이곳을 등반했을 때에는 너무나 힘이 들어, 내 생전에 다시는 오지 못할 것 같은 생각마저 들었었다. 더군다나 하산길은 돌밭길이라 발은 부르트고 무릎이 아파 며칠 동안 출입을 하지 못했었다. 그러나 시간이 지나니 힘들었던 것은 잊히고 진달래꽃이 가슴 한구석에 자리를 잡았다. 천왕봉을 향하여 한스럽게 핀 붉은 꽃, 찬바람에 키도 크지 못하고 무리 지어 떨고 있던 그 모습은 6·25 전쟁의 비극 속에 희생된 지리산 사람들의 혼이 환생한 것 같아 얼마나 연민을 느꼈던가. 그 후 나는 그 넋을 위로하는 글 한 편을 남긴 적이 있는데, 때마침 같은 시기에 이곳을 등반하게 되었으니 어쩌면 그 진달래를 다시 볼 수 있지 않을까 하는 기대감에 마음이 부풀었다.

깊은 산속에서 핏빛으로 피어난 진달래의 그 진하디진한 붉은 빛은 한 많은 사람들의 절규 같아 더 애잔하게 가슴을 파고든다. 전쟁의 소용돌이 속에서 이데올로기의 희생이 된 젊은이들, 오직 새신랑을 찾아 험한 산속을 찾아든 '지리산의 마지막 빨치산'인 새댁의 얼굴도 겹쳐진다. 그들은 산속에 숨어들면서 죽음을 맞을 수밖에 없는 자신들의 처지를 상상이나 했을까. 그래도 전쟁이 끝나면 산을 내려와 부모 형제들과 예전과 같이 평화롭게 살 수 있으리라는 희망으로 목숨을 부지했을 텐데….

나는 진달래 생각에, 아니 세상을 잘못 만나 피어 보지도 못한 젊은이들이 어른거려 등산의 즐거움도 잊은 채 자꾸만 그들의 환상에 빠져든다. 산죽이 우거진 비탈길에 조금만 바람이 일렁거려도, 산토끼가 잽싸게 바위를 가로질러 가도 얼마나 가슴을 조이며 공포에 떨었을까. 콩 볶는 듯한 총소리는 그들의 영혼을 산산 조각냈으리라. 험준한 바위산 으슥한 곳을 건너다 보니 지금도 인기척이 느껴지는 것만 같다.

골짜기를 벗어나 가파른 산비탈로 접어들었을 때였다. 이마에는 땀방울이 송글송글 솟아나고 등엔 땀이 축축이 배어들었다. 시원한 바람이라도 한 줄기 불었으면 하고 답답해하고 있는데 어디선가 새소리가 구성지게 들려왔다. 끊어졌다 이어졌다 하는 울음소리는 일정한 간격을 두고 우리 일행을 따라오는 것 같다. 무엇을 호소하는 것도 같은 애절한 새소리는 등산객을 인도하는 이 산의 혼령이 아닐까 하는 생각마저 들었다.

산이 높아 구름도 쉬어 가는 곳. 이 모퉁이만 돌아가면 예전에 보았던 그 진달래꽃을 다시 볼 수 있을지 모른다. 무리 지어 피어 있을 핏빛 진달래 생각에 저절로 발걸음이 빨라진다.

나는 한숨에 산등성이를 넘었다. 아름다운 고사목은 지금도 여전하다. 그러나 이게 어찌 된 일인가. 붉은 진달래는 보이지 않고 연한 연분홍 철쭉꽃이 산자락 가득히 피어 있지 않은가.

"이곳이 틀림없는데⋯." 나도 모르게 주위를 두리번거리며 혼자 중얼거렸다. 그리고는 허리를 굽혀 연분홍 꽃잎을 찬찬히 들여다보았다. 연초록 잎 사이로 바람에 흔들리는 그 꽃잎은 시름을 잊은 듯 말갛게 웃고 있는 것 같았다. 이것은 철쭉이 아니라 모든 한을 풀고 아름답게 승화된 진달래의 또 다른 모습이지 않을까. 붉은색이 연분홍으로 희석되듯, 남북 간의 두 정상이 오랜 적대 관계를 풀고 악수를 했다. 세월은 조금씩 동족상잔의 아픔을 풀어내려고 애쓰고 있다. 그러다 보면 핏빛 같은 상처도 언젠가는 아물 날이 올 것이다.

하늘엔 구름이 한가롭게 떠돌고, 지리산 정상을 향하여 내딛는 발걸음은 가볍기만 하다.

(2003. 가을)

내 마음의 휴가

오월 말인데 기온이 벌써 30도를 오르내린다. 점점 여름이 빨라지는 것 같다. 시원한 산이나 바다가 생각나는 계절이다.

아이들이 어렸을 때는 계곡이나 바다로 여름휴가를 갔다. 알뜰하게 휴가 계획을 세우고, 휴가 용품을 사러 다니며 밑반찬까지 준비해야 하니 그 과정도 만만치 않았다. 가기도 전에 녹초가 될 정도였으니…. 당시 샐러리맨의 휴가 기간은 거의 같은 시기였기에 어딜 가도 넘치는 인파로 발 디딜 틈이 없었다. 지금과는 또 다른 풍경이다. 가서 텐트도 치고, 음식도 하고, 북적거리는 인파 속에서 시끌벅적 어울리다 서울로 돌아오면 또다시 며칠 동안 온몸이 쑤셨다. 너무 피곤해서 휴가를 보내다 온 게 아니라 무슨 전쟁을 한 바탕 치루고 온 기분이었다.

하지만 새까맣게 탄 아이들이 신나서 그림일기에 산과 바다를 그려 넣는 걸 보면, 다음 해에도 또 가야겠구나 하는 생각이 저절로 들었다. 그야말로 아이들만을 위한 휴가였던 셈이다.

아이들이 다 자란 후에는 이제 우리 부부만을 위한 휴가를 가져보자며 해외여행을 다녔다. 나이 들어 둘러본 유럽, 호주 등등은 별천지였다. 하지만 너무 갑자기 새로운 정보를 많이 만난 탓일까. 해외여행은 아무리 느긋하게 다녀도 피곤했다. 마치 다시 공부를 하는 느낌이었다. 그리고 여행에서 돌아오면 유난히 허탈해졌다. 여행에서의 일들이 한바탕 꿈처럼 느껴질 때도 있었다.

그 뒤에는 국내외를 가리지 않고 시간 날 때마다 짬짬이 여행을 다니려고 노력했다. 하지만 이건 어디까지나 휴가가 아니라 여행이었다. 일정한 기간에 간 것도 아닌 데다가 '쉰다'는 의미보다는 '새로운 것을 찾는다'는 느낌이 더 강했다.

그러다 몇 년 전 여름에 아주 오랜만에 온 가족이 함께 자연 휴양림을 찾기로 했다. '힐링'이란 단어가 대세가 된 지 오래였고, 당시 우리 가족의 화두는 '건강'이었기에 자연스럽게 이루어진 일이었다. 그런데 자연휴양림은 국립이었고 여름 휴가철에는 추첨제였다. 우리는 추첨에서 떨어져서 차선책으로 곰배령이라는 강원도 산골로 여름휴가를 가게 됐다. 야생화 보호 특별 구역, 때 묻지 않은 자연이 보존되어 있는 곳이라는 말이 마음에 들었다.

곰배령의 숙소에 도착했다. 안개비가 촉촉이 내리고 있었다. 공기는 달콤했다. 주위를 둘러보니 풀잎에 물방울이 맺혀 있었는데, 너무 생생한 그 느낌이 오히려 그림 같았다. 날씨 때문인지 사방에 우거진 숲 때문인지 주위는 어둡고 적막했다. '운치' 란 단어를 그림으로 옮겨 그리면 이런 모습이 아닐까 하는 생각마저 들었다.

숙소는 소박한 모습이었다. 버섯형 황토 흙집의 모양을 하고 있는 동그란 원룸. 아이들이 먼저 들어가서 불을 켠다. 그런데 눈에 들어오는 건, 통나무로 서까래를 우산 살처럼 드러내고 나무로 가로지른 황토벽뿐. TV도 전화도 옷장도, 정말 아무것도 없다. 아들이 '설마…' 하더니 휴대전화를 만지작거린다. 알고 보니 이곳은 TV도 인터넷도 전화도, 몽땅 다 안 된단다. 정말 산골이구나. 잠시 집 주위에 나가 신선하다 못해 달콤한 공기를 실컷 마시고 나니, 온통 새까만 산속에서 할 수 있는 일은 자리에 일찍 눕는 일뿐이다.

적막한 산골, 칠흑같이 깜깜한 밤. 맨바닥에 요를 깔고 누우니 저절로 옛 생각이 난다.

나의 고향은 울진, '지장골'이라는 산골 마을이다. 예로부터 씨족이 무리 지어 살며 마을을 이룬 곳, 부엉이가 울고 호랑이가 나온다는 두메산골이다. 선생님이셨던 아버지는 자주 전근을 다니셨고 여름 방학이 되면 할머니가 계시는 고향에 내려가 온 여름을 보냈다. 전기도 없던 시절, 호롱불을 켜고 마당에 멍석을 깔고 찐 감자와 옥수수를 먹고 나면, 할머니는 모깃불을 펴 놓고 부채를 부쳐주며 얘기 보따리를 풀어놓으셨다. 동생과 나는 초롱초롱 눈을 빛내며 할머니 곁에 누워 별을 바라보며 얘기를 들었더랬다.

할머니의 옛이야기를 자장가 삼아 그때의 할머니만큼 나이를 먹은 나도 함께 잠이 든다.

다음 날 아침, 곰배령 등반에 오른다. 등반이라고 해 봤자 안내인의 안내에 따라 정해진 코스를 따라가는 것이었지만, 듣도 보도 못한 야생화들의 아름다움과 그 생명력에 저절로 탄성이 나왔다. 그런데 코스 중간에 이상한 흔적이 나 있다. 융단처럼 펼쳐지던 들꽃 밭이 움푹 패인 것이다. 안내인의 설명을 들으니, 지난밤 멧돼지가 헤치고 지나간 자리란다. '야생 멧돼지라니!' 왈칵 무서운 생각이 들었다.

순간, 나는 다시 어린아이가 되어 할머니의 무릎을 베고 옛날얘기를 해 달라고 조르고 있었다. 앞산의 윤곽이 어슴푸레 별빛에 젖어 드는 깜깜한 밤이었다. 갑자기 "호랑이 불이다!" 옆집 아재가 혼비백산 달려왔다. 손가락으로 가리키는 곳을 보니 산봉우리에서 시퍼렇고 무시무시한 불빛이 산 모양을 따라 철철 흐르고 있지 않은가! 할머니는 차분하게 작은 소리로 "호랑이가 내려올라 얼른 들어가자."고 하시며 우리 등을 떠미셨다. 나는 너무 무서워서 발뒤꿈치가 떨어지지 않았다. 오줌도 마려웠다. 금방이라도 호랑이가 튀어나와 나를 덮칠 것 같았다. 그러나 그날 밤도 나는 할머니의 포근한 품안에서 아무 일도 없었다는 듯 잠이 들었다.

순수했던 내 어린 시절의 한 자락….

칠흑같이 까맣고 적막한 곰배령의 여름밤은 나에게 잊고 있던 내 어린 시절을 불러왔다. 그리고 비로소 내 마음은 쉴 곳을 찾는다. 내 평생 이토록 아늑한 휴가가 또 있었던가. 할머니의 품속같이 편안한 휴식이다. 내 마음의 휴가는 어린 시절의 추억 속에 있었나 보다. 이제야 진정한 휴가를 다녀온 느낌이다.

(2014. 여름)

4부

까치밥

첫눈에 이끌려 아파트 마당을 걸어 본다.

눈 위에 발자국이 선명하다.

하늘은 낮게 잿빛으로 가라앉고

옷섶으로 파고드는 눈발은 차다.

마음이 감나무 밑에서 서성인다.

이렇게 추운 날, 새들이 와서 먹을 수 있도록

우리 아파트에도 까치밥을 남기는 집들이 많았으면 좋겠다.

눈 내린 날 아침,

나는 마음속 감나무에 까치밥 몇 개를 남겨 놓는다.

— 〈까치밥〉 중에서

나의 성탄절

"지난 한 해 동안에도 이렇게 살아 있게 해 주셔서 감사합니다."

성탄절 미사, 신부님의 강론은 이렇게 시작되었다. 정신이 번쩍 들었다. 그 큰 사고를 당하고도 이렇게 살아 있다는 것에 대해, 한 번이라도 감사함을 느낀 적이 있었던가. 오히려 왜 이런 일이 우리에게 일어나야 하느냐고 반문하고 원망했었다.

우리는 성당 레지오 활동을 하며 대모 대녀로 지내는 사이였다. 그날 우리 네 쌍의 부부들은 두 대의 승용차에 나누어 타고 여행길에 올랐다. 모처럼 생활의 때를 바람에 날리고 활력을 찾고자 어렵게 나선 나들이였다.

확 트인 동해 바다는 얼마나 넓고 푸르렀던가. 흰 거품을 뿜

어내는 백사장에 솟구치는 파도를 보고 우리는 마냥 웃음을 날리며 시원하게 가슴을 토해 냈다. 칠흑 같은 어둠 속의 통나무집. 바람 소리만 쐐쐐 정적을 가르는데 하늘에는 성근 별이 빛나, '별 헤는 밤'은 정겨웠다.

이튿날 새벽 산책길, 코끝을 스치는 솔향기를 맡으니 도시의 피로가 싹 풀리는 것 같았다. "정말 좋다"를 연발하며 오솔길을 걷고 통나무집 마당에 마련된 윷으로 고향에 온 듯, 윷도 치고 가이셍 놀이도 하며 동심으로 돌아가기도 했다. 그랬는데….

돌아오는 길, 우리 차가 앞장서고 또 다른 자동차는 뒤따라오기로 하고 일행은 안동에서 점심을 먹기로 했다. 그런데 안동 가까이 가서 산모퉁이를 돌아 한참을 가도 뒤차가 보이지 않는다. 통화를 시도했다. 안 받는다. 다른 사람에게 해도 불통이다. 우리는 차를 세우고 그 차에 탄 네 사람 모두에게 너도나도 통화를 시도했지만 아무도 받지 않는다. 웬일일까? 장난을 치나? 설마 무슨 일이….

그때서야 우린 당황했고 급기야 차를 돌려 오던 길로 되돌아갔다. 한참을 가도 사고의 흔적은 보이지 않았다. 딴 길로 갔나? 무서운 생각이 들었지만 설마 하는 불안감에 아무도 말을 할 수 없었다. 한참을 그렇게 서성이다 결국 파출소에 신고했다. 경찰이 어디론가 전화를 하더니 인근에 교통사고가 있었다고 한다. 그들의 안내로 사고 현장을 가는데 피가 마르는 것 같았다.

큰 사고가 아니기를 얼마나 빌었던가. 그러나 가파른 언덕 낭떠러지에 차는 바퀴가 하늘을 향해 누워 있었고 사고 수습은 이미 끝나 아무도 볼 수가 없었다. 대부님은 이미 돌아가셨고, 세 분이 응급실에 있었지만 중상이라고 했다. 그날 밤 대모님과 또 한 분도 돌아가셨다. 도대체 믿어 지지가 않았다. 현실이 아닌 것 같았다. 얼마 후 연락을 받은 그들의 자녀들이 오고 그제야 서로 붙잡고 오열했다.

이튿날 현장 검증에 따르면, 사고 차는 어디에 부딪힌 것도 아니고 중앙선을 넘어 반대편 도로를 지나 언덕 아래로 굴러간 것이라고 한다. 믿기 힘든 일이었다. 운전자는 평생 동안 사고 한 번 낸 적이 없는 사람이라고 들었는데, 정말 어이가 없었다.

그 후의 시간은 천근과도 같았다. 다른 사람들은 약속이라도 한 듯, 하나같이 똑같은 말을 했다. '운명'이라고, 피해 갈 수 없는 그들의 운명이라고. 하지만 그 말은 아무런 위로가 되지 않았다. 왜 이렇게 커다란 사고가 우리에게 일어났단 말인가.

그들이 무슨 잘못을 했단 말인가. 하느님이 원망스러웠다. 무서웠다. 아니 때때로 하느님은 '정말 계시냐'고 반문하기도 했다. 묵주를 수없이 굴렸지만 혼란스러웠다.

계절이 바뀌고 또 바뀌었지만, 불면의 날은 계속됐다. 하느님의 뜻을 알려고 안간힘을 썼지만, 결국 죽음은 인간이 감히 넘나 볼 수 없는 하느님의 영역이라는 생각에 이르렀다.

시간이 지나면서 그 일은 거의 수습이 되었고 둘러싼 주변의 일들도 서서히 안정을 찾아갔다. 대모님이 꿈속에 웃는 얼굴로 나타났다. 안온한 모습이어서 위안이 되었다. 차마 들춰보기도 힘들었던 그들에 대한 추억들이 아주 서서히 좋은 향기를 내며 내게 돌아오기 시작했다. 그들을 다시는 볼 수 없다는 사실은 아직도 믿어지지 않지만, 함께했던 순간들, 특히 사고 전까지의 마지막 그 여행은 정말 꿈처럼 아름다웠다.

뒤엉켜 있던 머릿속이 어느 정도 정리되면서 나는 어느새 일상으로 돌아갔다. 그렇게 커다란 파란(波瀾)을 경험하고 겨우 잠잠한 바다를 마주하기 시작하던, 그런 참이었다.

나는 여느 때와 다름없이 담담하게 성탄절을 맞았고, 신부님도 여느 때처럼 당연하게 '살아 있다는 것에 대한 기쁨과 감사'를 언급하신 것뿐일지도 모른다.

"지난 한 해 동안에도 이렇게 살아 있게 해 주셔서 감사합니다."

나는 이 말씀에, 새삼 내가 살아 있음을 온몸으로 느낀다. 그렇구나. 나는 죽지 않았구나. 살아 있구나. 얼마나 감사해야 할 일인가. 그렇지만 이렇게 무기력하게 사는 것도 과연 살아 있는 거라고 말할 수 있을까? 나는 지금도 그분들이 살지 못한 수많은 날들을 덧없이 흘려보내고 있다. 과연 진정한 삶은 무엇일까? 어쩌면 이것은 살아남은 내가 풀어야 하는 과제일지도 모른다.

성당을 나와 하늘을 바라본다. 겨울 나목 사이로 보이는 12월의 하늘이 유난히 파랗다.

(2016. 겨울)

아름다운 부자

　요즈음 매스컴에서 '노블리스 오블리제'라는 말이 자주 들린다. 프랑스 말로 '가진 자의 도덕적 의무'라는 뜻이다.

　온 나라 경제가 어려워지자 중산층이 무너지면서 빈곤한 하층이 많이 생기고 그들의 삶이 더 힘들어졌다. 이제 우리나라도 선진국처럼 노블리스 오블리제 정신을 살려 자신이 가진 것을 스스로 사회에 환원하는 자산가들이 나올 시기가 된 것일까. 모 정치인이 1,500억을 기부해 세간의 주목을 받기도 했고, 또 종종 매스컴에서 어느 대기업이나 유명인의 '기부' 얘기가 나오는데 사람들 반응은 대부분 시큰둥하다. 무슨 꿍꿍이가 있거나 혹은 아직도 멀었다며 곱게 보지 않는다. 과연 이런 걸 진정한 '노블리스 오블리제'라고 할 수 있을까.

나는 이 나라의 진정한 노블리스 오블리제 정신을 경주 최부잣집에서 찾아보면 어떨까 하는 생각을 한다.

　지난가을에 관광차 경주 최부잣집을 찾았다. 최부자는 12대 삼백 년 동안 만석꾼의 명맥을 이어 오면서 9대가 진사를 지낸 명문 집안이다. 경주 최대의 만석꾼 집안이었다는 기대 때문인지 생각보다는 초라하고 평범했다. 으리으리한 부잣집이라기보다는 옛 선비의 정갈한 고택이라는 느낌이랄까. 예전에는 99칸 대저택이었다지만, 일부는 요석궁이라는 한정식집으로 변해 있었고, 또 일부는 최씨댁 종부가 명맥을 잇는 교동 법주를 만드는 곳으로, 또 일부는 소실된 채로, 옛 명성을 잃은 채 다소 쓸쓸한 느낌마저 들었다.

　종갓집은 비어 있었고 마당 한쪽에는 최부잣집 어른의 가르침이 적혀 있었다.

　"재물은 똥과 같아서 한 곳에 모아 두면 악취가 나서 견딜 수가 없고 골고루 흩뿌리면 거름이 되는 법이다."

　이 문구를 보고 나서 나는 비로소 고개를 끄덕였다. 아, 경주 최부잣집이 유명한 이유가 여기에 있구나.

　사랑채 앞에서 발을 멈추었다. 그 옛날 수많은 사람이 오갔을 이곳은 왠지 모를 한적함이 깃들어 있다. 사방이 확 트인

방 안엔 책상이 하나 놓여 있을 뿐이었다. 이 댁 주인은 저 책상에 앉아 책을 읽으며 사람의 도리와 분수를 지키고 가난한 이웃을 배려하고 베푸는 삶을 살려고 애쓰지 않았을까. 나는 숙연하게 서서 그곳을 한참이나 들여다보았다. 사랑방 문간에는 하루 저녁 100여 명의 과객이 묵어 갈 수 있는 수많은 방이 나란히 서 있다. 과객을 후하게 대접하라고 가훈에도 명시했을 정도니 얼마나 많은 사람이 들끓었을까. 만석꾼 갑부였다지만 은수저는 절대 사용하지 않았고 내부 살림은 검소했다. 삼베 옷은 누덕누덕 너무 많이 기워 물에 옷을 집어 넣으면 옷이 불어나서 솥단지가 꽉 찼다는 일화도 있다. 어느 해에는 온 나라에 3년을 연이어 흉년이 들자 창고를 개방해 쌀을 나누어 주고 사방 100리 안에 굶어 죽어 가는 사람들을 위해 며칠을 죽을 쑤어 허기를 면해 주기도 했다고 한다.

마당 한구석에 우두커니 서 있는 큰 창고 하나가 유난히 눈에 띄었다. 쌀 800석을 쌓아 놓을 수 있다는 그 창고가 옛날에는 일곱 채나 있었다고 하니 참으로 엄청난 규모라는 걸 알 수 있다. 실제로 최부잣집의 1년 쌀 생산량은 대략 삼천 석 정도였는데 그중 일천 석은 찾아오는 과객들에게 후하게 대접하는 데 썼고 다른 일천 석은 주변의 어려운 사람들에게 나누어 주는 데 사용했다고 한다.

　도대체 이런 정신은 어디에서 나오는 것일까. 몇 군데 가훈과 가르침을 적은 문구를 살펴보다가 나는 한 곳에서 발을 멈추고 말았다. 그곳에는 마지막 최부자 최준의 조부 최만희와 친부 최현식의 호가 적혀 있었는데 그 한자가 참으로 이상하기 그지없었다. 최만희의 호는 대우(大愚), 최현식의 호는 둔차(鈍次). 다른 건 몰라도 어리석을 우자에 둔할 둔 자? 숨겨진 다른 의미가 있나 거듭 확인했지만 대우는 '크게 어리석음', 둔차는 '재주가 둔해 으뜸가지 못함'이라는 뜻으로 글자 그대로의 의미가 맞았다. 충격적인 호가 아닐 수 없다.

　나는 보통 호(號)란 그 사람의 고매한 인격이나 직업을 아름답게 표현하는 데 사용된다고 이해해 왔다. 그러한 성격 때문에 특히 글 쓰는 사람들에게 호란 자신의 의지와 상관없는 이름보다도 훨씬 더 소중하게 여겨지기도 한다. 나만 하더라도 어릴 때부터 글쓰기를 좋아했다는 이유로 학창 시절 친구가 붙여 준 문원(文園)이라는 호를 지금도 소중히 간직하고 있지 않은가. 실상 아무도 불러주는 이 없어도 내 마음 안쪽에 떡 하니 자리 잡은 이 호를 생각하면 지금도 내심 글을 가까이 하고 있다는 사실에 가슴이 뿌듯해지는 것이다.

그런데 그 많은 의미심장하고 아름다운 미사여구를 두고 어떻게 저런 호를 지을 수 있을까. 의아함과 충격에서 벗어나 곰곰이 생각해 보니, 저런 호가 나오게 된 밑바탕에는 겸손함이 깊게 자리한다는 결론에 이르렀다. 자신을 낮추고 주위 사람들에게 베풂으로써 비로소 인정받게 되는 만석꾼의 명성(名聲). 겸손한 미덕 속에서 자라난 아름다운 부자의 모습이란 이런 것이구나.

마지막으로 최부잣집 작은 집이라는 옆집에 들렀다. 대문을 들어서자 마당 가득 꽃피운 국화, 주렁주렁 열매를 매달고 서 있는 모과나무, 석류가 붉고 탐스럽게 달려 있었다. 마당 안에는 들어갈 수 없도록 줄을 쳐 놓았는데 비녀로 쪽을 찐 할머니가 대청마루에 걸터앉아 있었다.

우리 일행이 한참 쳐다보자 할머니가 우리한테로 걸어와 궁금한 게 뭐냐고 묻는다. 이 댁에 사시는 최부잣집 며느님이냐고 묻자 그렇다고 하면서 3대가 산다고 한다. 92세라는 그 할머니는 아주 깨끗하고 정정해서 우리를 놀라게 했다. 경북여고를 나왔다는 할머니는 "부자가 별 것 아니다. 하루 세끼 먹는 건 다 마찬가지야. 다만 나이는 많지만, 마음은 18세로 사는 거야."라고 말한다. 부자라고 해도 남들과 별다르지 않게 소탈

하게 살아서일까, 얼굴이 아주 편안해 보였다.

전통 있는 과거 대부호집의 화려함이나 혹은 반대로 그 명성 뒤의 인생무상쯤이나 구경해 볼까 거만하게 고개를 디밀었던 내 생각은 여지없이 깨져 버렸다.

최부잣집 고택을 방문하고 나오면서 무언가를 하나 가득 받아가는 느낌이 들었다. 마치 정성스레 지은 따끈한 밥을 든든히 얻어먹은 느낌이랄까. 예전에 최부잣집을 방문했던 수많은 배고프고 외로운 나그네들이 그랬던 것처럼….

(2012. 봄)

까치밥

엊저녁부터 강풍이 눈발을 앞세우고 몰아치더니 오늘 아침엔 온통 눈꽃이 환하게 피었다. 십일월에 내린 첫눈, 눈은 시끄러운 자동차 소리와 클랙슨 소리를 잠재우고 온 거리를 동화 속의 그림같이 아늑하게 한다. 아파트 5층에서 내려다보이는 화단에는 나무들이 모양새마다 다르게 눈꽃을 얹고 있다. 그 속에 까치밥으로 남겨 놓은 빨간 감이 유난히 눈길을 끈다.

이런 날 아침이면 아침상이 소홀해진다. 연방 바깥 풍경을 보느라 반찬 만드는 손이 굼뜨기 때문이다. 그래도 따끈한 국은 있어야겠기에 된장을 뜨는데 밖에서 까치 소리가 요란스레 들린다. 첫눈 온 날 아침에 까치 소리라니….

반가운 생각에 베란다 문을 열고 내려다보니 나뭇가지 사이로 눈가루를 날리며 까치 한 마리가 날아간다. 그리고 그 옆 나뭇가지에서는 참새 한 마리가 까치밥을 파먹고 있다. 102호집 감나무다. 조금 있자니, 참새가 날아가고 이번에는 까치가 와서 그 홍시를 쪼아 먹는다. 참새와 까치는 저희들끼리 통하는 말이라도 주고받은 양 사이좋게 나누어 가며 요기를 하고 있는 것이다. 온 세상이 눈으로 덮여 먹을거리를 쉽게 찾을 수 없을 것 같은 아침에 까치밥을 서로 나누어 먹는 새들의 모습은 얼마나 흐뭇한 정경인가. 문득 며칠 전의 일이 떠올라 101호 집 화단의 감나무를 넘겨다보았다. 역시 까치밥은 보이지 않았다.

가을이면 아파트 화단의 감나무들이 주렁주렁 감을 달고 있는 모습이 아름답다. 얼마 전까지만 해도 우리 라인인 101호와 102호 집 화단에는 서너 접은 좋이 됨직한 단감이 탐스럽게 달려 있었다. 감이 한참 익어 군침이 돌 무렵, 누가 초인종을 눌러 나가 보니 처음 보는 부인이 한 달 전에 102호로 이사를 왔다고 하면서, 조금씩 나누어 먹으려고 단감 몇 개를 가져왔노라고 했다. 나는 내미는 감을 엉겁결에 받기는 했지만, 고맙다는 말을 얼른 하지 못했다. 감은 해마다 열렸지만 10년을 넘게 사는 동안 나누어 먹자고 가져온 것은 처음이어서 부인의 그런 인정에 오히려 놀라고 당황했기 때문이다.

며칠 후 반상회 날이었다. 우리 2호 라인 사람들은 102호 집 부인에게 이구동성으로 감을 잘 먹었노라고 인사를 했다. 그리곤 이제껏 살았어도 감 얻어먹기는 처음이라며 즐거운 듯이 떠들어댔다. 그제야 1호 라인 사람들도 그 말이 무슨 말인지 알아듣고는 101호 집도 많이 달렸던데 혼자 드셨느냐고 우스갯소리처럼 말을 던졌다. 101호 집은 그렇게 말한 사람을 뜨악하니 바라보다가 그만 말을 얼버무리고 말았다. 여하튼 그날 저녁 반상회는 감 이야기로 전에 없이 화기애애했다. 바로 딴 감이라 싱싱해서 더 맛있고 달았다는 둥 이 말 저 말 하다가 나중에는 화제가 발전하여 시골 인심까지 들먹이게 되었다.

고향 집 뒤란에도 감나무가 있었다. 추수가 끝나고 감잎도 다 떨어져 푸른 하늘에 주홍빛 감이 그림처럼 매달려 있으면 할머니는 머슴을 시켜 감을 따셨다. 긴 장대 끝에 감나무 가지를 끼우고 빙빙 돌리면, 나는 조마조마한 마음으로 그 밑에 서 있다가 떨어지는 감을 얼른 받아 광주리에 넣곤 했다. 할머니는 큰 나무든 작은 나무든 꼭대기 감 몇 개는 반드시 남겨두게 하셨다. 일꾼이 모르고 다 따는 날이면 할머니의 불호령이 떨어졌다.

"날아다니는 짐승도 먹을 것이 있어야제. 어째 그리 인심이 박하노."

할머니의 성화에 까치밥으로 남긴 감은 무서리를 맞으며 홍시로 되었다가 나중에는 새들의 먹이가 되곤 했다.

할머니의 인정은 그것에 그치지 않았다. 열려있는 대문 밖으로 끼니때 누가 지나가기라도 하면 반드시 불러 상머리에 앉히곤 했다. 또 가을걷이가 끝나면 고사 떡을 해서 온 동네에 돌려 나누어 먹기도 했지만, 집 안팎 여기저기에 고수레를 하시는 것도 잊지 않았다. 그것은 아마 미물에게도 애정을 베푸시는 할머니의 배려였다.

이젠 돌아가신 할머니에 대한 기억도 아득하기만 한데 할머니가 베푸시던 인정이 그리워지는 것은 나이를 먹어 가는 탓일까. 11월의 나목 사이로 높다란 콘크리트 건물이 가슴을 더욱 쓸쓸하게 만든다.

첫눈에 이끌려 아파트 마당을 걸어 본다. 눈 위에 발자국이 선명하다. 하늘은 낮게 잿빛으로 가라앉고 옷섶으로 파고드는 눈발은 차다. 마음이 감나무 밑에서 서성인다. 이렇게 추운 날, 새들이 와서 먹을 수 있도록 우리 아파트에도 까치밥을 남기는 집들이 많았으면 좋겠다. 눈 내린 날 아침, 나는 마음속 감나무에 까치밥 몇 개를 남겨 놓는다.

(2000. 겨울)

문제는 면역력

언젠가부터 우리처럼 나이 지긋한 사람들 두셋이 모이면 항상 화두는 건강이다. 건강 이야기를 좀 더 깊이 파고 들어가다 보면 십중팔구 면역력 이야기로 연결된다. 어쩌면 너무 진부한 이야기다. 잠깐 TV만 켜도 '문제는 면역력'이라며 면역력을 높여 준다는 온갖 건강식품이 쏟아져 나오는 세상이니, 우리는 모두 상술에 놀아나고 있는 것뿐일지도 모른다. 하지만 분명 과대 포장된 상술이라는 걸 알면서도 끊임없이 건강 보조식품이나 영양제를 찾게 되는 것은 노년을 좀 더 건강하게 보내고 싶은 수많은 고령자들의 어쩔 수 없는 염원일 것이다. 그래서 나는 최근 들어 '면역력 이야기'에 어느새 면역이 되는 이런 현상은, 고령화 사회로 들어선 우리 사회의 숙명일지도 모른다는 생각을 하기 시작했다.

그런데 요즘 상황이 급변했다. 노년층뿐만 아니라 모든 세대에서 면역력 이야기가 대두되기 시작한 것이다. 모두 '코로나19'라는 바이러스 감염병 때문이다. 많은 약장사들이 입을 맞춘 듯, 지금 남녀노소를 막론하고 우리가 해야 할 일은 '일을 하는 것'도 아니요, '사람을 만나는 것'도 아니요, 오직 자신의 건강을 챙기는 일, 즉 면역력을 높이는 일이라고 떠든다. 나는 이런 상황이 못내 당황스러워, 새삼스레 '면역력'이라는 단어를 세밀하게 들여다본다.

면역력이란 게 대체 뭘까?

'면역력'의 사전적 정의는 '외부에서 들어온 병원균에 저항하는 힘'이고 '면역'의 사전적 정의는 '반복되는 자극 따위에 반응하지 않고 무감각해지는 상태를 비유적으로 이르는 말' 혹은 '몸속에 들어온 병원(病原) 미생물에 대항하는 항체를 생산하여 독소를 중화하거나 병원 미생물을 죽여서 다음에는 그 병에 걸리지 않도록 된 상태. 또는 그런 작용'이라고 한다.

면역력을 기른다는 건, 좀 쉽게 말하자면 뭔가 내부에 단단하고 흔들리지 않는 그런 훌륭한 버팀목을 마련하여 외부의 나쁜 영향에 휘둘리지 않는 힘을 기른다는 의미인 것 같다. 이 말은 비단 '몸의 면역력'뿐만 아니라 '마음의 면역력'에도 똑같이 적용된다. 코로나로 인해 사람을 멀리하고 외출을 삼가다 보면 몸 건강만 안 좋아지는 게 아니라 바로 정신 건강까지 급격히 안 좋아지게 된다. 오죽하면 '코로나 블루(코로나 우울증)'란 말까지 생겼을까. '마음의 면역력'을 기르는 방법에는 햇볕을 많이 쬐고, 사람들과 자주 만나고 마음이 통하는 사람과 만나 대화를 하라는 지침을 볼 수 있다.

그런데 이런 일들은 코로나19 방지를 위해 대표적으로 금지된 것들이다. 코로나19에 대한 '몸의 면역력'이 다급하기 때문에 '마음의 면역력'까지 신경 쓸 수 없게 되는 현 상황이 참 아이러니하다. 아니, 언뜻 생각해 봐도 직접적인 바이러스의 침투를 막는 '몸의 면역력'은 여러 가지 건강식품으로 표면적으로나마 지킬 수 있다고 치더라도, '마음의 면역력'은 어떻게 해결하란 말인가. 몸과 마음은 긴밀하게 연결되어 있으니, 결국 '몸의 면역력'이든 '마음의 면역력'이든 그 말이 그 말인 셈이다.

아무 예고도 없이 제멋대로 코로나가 우리 생활을 침범한 지벌써 8개월 남짓. 날씨가 따뜻해지면 괜찮아지겠지, 여름이 되면 좋아지겠지, 애써 마음을 갈무리하며 참아온 기간이 생각보다 길어지고 있다. 누군가는 한계라고 하고, 누군가는 곧 괜찮아질 거라고 한다. 누군가는 어쩔 수 없는 이 상황에 이제는 적응해야 할 때라고도 한다.

그렇다면 코로나 시대를 맞아 우리가 길러야 하는 면역력이란 건 대체 무엇일까. 앞에도 말했지만, '면역'은 '반복되는 자극 따위에 반응하지 않고 무감각해지는 상태를 비유적으로 이르는 말'이라는 의미도 있다. 코로나19가 우리 곁에 이런 식으로 자리 잡고 있는 기간이 계속되면, 더 이상 코로나도 우리에게 더 큰 자극이 되지 않고, 우리도 결국 무감각해지는 '코로나 면역'의 시대가 도래할지도 모르겠다. 하지만 어쩔 수 없이 저절로 맞게 되는 무력한 '면역'을 기다리는 게 과연 최선일까. 우울하고 불안한 상태에서 찾아오는 소극적인 '면역'은 우리의 몸과 마음을 근본적으로 치료할 수 없다. 그건 이미 '힘'을 잃어버린 생기 없는 현상이기 때문이다. 지금 이 시점에서 우리에게 필요한 진짜 면역은 내 마음과 몸을 정립시켜 외부의 침입에 미리 대응하게 만드는 적극적인 '면역'일 것이다.

몸과 마음이 모두 힘든 시대. 이럴 때일수록 자신의 내면을 들여다보고, 심지를 단단하게 굳혀야 하지 않을까. 외부의 환경에 더 많이 휘둘리는 상황이 될수록 결국 더욱 중요해지는 건 자신의 의지라는 생각이 든다. 고요한 마음, 흔들리지 않는 마음, 굳건한 마음을 갖고 싶다.

　가만히 책장 앞에 서서 책들을 바라본다. 성인들의 말씀을 되짚어 본다. 생각해 보면 그 훌륭한 성인들조차 흔들림 없는 평화로운 마음을 얻는 데 평생을 바치셨다. 눈이 팽팽 돌아가는 이 바쁜 세상에도, 예기치 않은 바이러스가 우리를 덮친 기가 막힌 상황에도, 결국 내면을 채워 줄 양식은 다를 것이 없다. 우리는 그 사실조차 걸핏하면 잊기 쉬운 시대에 살아가지만, 어쩌면 코로나 국면을 맞아 새삼스레 '내면의 힘'을 다시 찾게 되는 건지도 모르겠다. 결국 나는 코로나 시대에도 예전과 다르지 않게 기도를 드리고 잠자리에 든다.

　'저희에게 마음의 안정과 평화를 주소서.'

(2020. 가을)

갱년기 이야기

　루시아는 등산을 하면서 만난 성당 친구다. 매주 화요일에 북한산을 오르내리며 마음의 문을 열게 되었다. 같은 아파트에 살기도 하려니와 '갱년기'라는 동병상련의 아픔에 통하는 바가 있어 우리는 항상 일행의 뒤에 처져 얘깃거리가 많았다. 주로 혼기를 앞둔 아이들의 이야기며, 이루지 못한 꿈 이야기며, 어쩌다 이렇게 먹어 버린 나이에 깜짝 놀라 세월의 무상함에 아득한 눈빛이 되기도 한다. 하지만 언제나 건강해야 한다는 일치감으로 다음 등반을 기약하며 이야기를 끝내곤 했다.

　더군다나 그의 얘기는 어렵게 공부했던 지난날의 애상에 젖어 나를 숙연하게 했다. 아르바이트를 해서 등록금을 마련하다 보니 대학 생활이 십 년이나 걸렸다는 이야기, 딸을 다섯이나 둔 딸 부잣집 맏딸로 태어나 아들을 얻으려고 작은집을 둔 아버지 밑에서 어머니의 한숨 소리를 삼키며 혼자 공부했다는 이야기, 나는 그 이야기를 들으며 그 열망은 도대체 어디서부터 온 것일까 놀라워했다.

서른 살이 넘어서야 지방 중학교 영어 교사가 되었고, 또 십여 년을 주말 부부로 살았단다. 그녀는 교사로서 집념과 열성으로 직장 생활을 하려니, 고열이 나는 어린 아들을 남에게 업혀 병원으로 보내고 떨어지지 않는 발걸음으로 직장을 향하면서 가슴이 아팠던 일이 한두 번이 아니었다. 사십 대 후반에는 자녀들의 교육 문제로 교사 생활을 그만두고 남편이 있는 서울에서 안착하였다고 한다.

이제야 모든 것이 안정적일 것 같은 생활에 이상이 오기 시작했다. 남편은 직장 생활에 바쁘고 아이들은 너무 커 버린 탓인지, 엄마와 대화할 시간조차 주어지지 않았다. 무언가 해 보려고 운전도 배워 보고 영어 선생의 지식을 살려 학원가도 기웃거려 봤지만 세월은 많이 변해 옛 지식으론 감당할 수 없었다. 그때부터 루시아의 몸과 마음은 이곳저곳 아프기 시작했다. 삶에 대한 허망감이 엄습해 왔다. 그는 안간힘을 써 탈출하려고 등산을 시작했다.

그러던 그가 어느 날 등반을 잘하고 내려오는 하향길에서 돌을 헛디뎌 발을 삐는 불상사가 생겼다. 그날 나는 그를 부축해 오느라 진땀을 뺐지만, 그것이 계기가 되어 우리는 더 가까운 사이가 되었다. 그는 한동안 침을 맞으며 집안에서 소일하는 신세가 되었다.

여름이 지나 몸을 추스린 루시아가 빨간 조끼를 입고 상기된 모습으로 나타났을 때 우리는 "전보다 더 건강해졌네." 하며 두 팔 벌려 반겨 주었다. 오랜만에 나온 루시아는 단풍 사이로 오솔길을, 능선을 지나 바위를 타며 눈물이 나도록 웃음을 날렸다. 하지만 너무 무리한 탓일까. 그는 다시 몸살을 앓고는 집에서 칩거하는 나날이 시작되었다. 마음뿐, 몸이 따라 주질 않은 것이었다.

결국 루시아는 머리가 짓눌리고 뼈마디가 쑤신다고 하소연하며 병원을 전전하기에 이르렀다. 다행히 특별한 병명은 없었으나 의사는 "갱년기 현상이지요." 하고 심드렁하게 말했다고 한다. 그 무렵 우리가 등산에서 돌아오는 길에 가끔 들러보면 그의 얼굴은 부석부석하고 모든 것이 귀찮은 듯 눈빛은 흐려 있었다. 우리는 빨리 회복하여 겨울 산행을 같이 하자고 위로하곤 했는데, 그러면 그는 그날의 산행 코스와 하늘빛이며 낙엽이 얼마나 좋았느냐면서 먼 곳을 응시하였다.

　루시아를 만나고 집으로 돌아오는 발걸음은 무거웠다. 그가 힘들어하고 있는 마음의 병은 갱년기를 겪는 바로 우리의 이야기가 아니던가. 주어진 환경에 적응하며 가족을 위해 열심히 살아왔지만, 아이들은 커서 제 갈 길로 가고 지명이 넘어서야 자신을 되돌아보는 우리 갱년기의 여인들, 무언가 해 보려고 하나 기력은 떨어지고 마음뿐이다. 혹자는 인생은 육십부터라고 호기스레 말하기도 하지만, 필부로 살아온 우리의 삶은 그저 허망할 뿐이다.

　그러던 어느 날, 루시아에게서 전화가 왔다. 그는 아직도 안 아픈 곳이 없다고 하소연하면서 힘없는 목소리로 남편이 가끔씩 하는 말이 '나는 똥이로소이다.' 하는 마음가짐으로 모든 것을 털어버리고 마음을 비우라고 한다면서 허허로워했다.

　나는 저녁 내내 생각했다. 이 말은 아내를 지켜보며 걱정하는 남편의 깊은 사랑에서 우러난 결론임에는 틀림없다. 욕심을 버리고 마음을 비우면 힘든 갱년기를 잘 넘길 수 있을 것이라는 생각에는 충분히 공감이 간다. 그러나 다시 생각해보면, 사실 지금까지 살아오면서 자신의 존재를 내세운 적도 거의 없지 않은가. 겨우 자식들에게서 벗어나 자신을 돌아보게 된 갱년기의 우리 세대에게 또 다시 하고 싶은 일을 포기하라는 말처럼 들려 씁쓸했다.

그해 겨울은 눈도 별로 오지 않은 삭막하고 추운 날씨의 연속이었다. 루시아는 끝내 겨울 산행을 함께할 수 없었다. 오십견의 어깨 통증이 아직도 힘들게 했지만 나는 열심히 산을 오르내렸다. 비탈길에 선 앙상한 나목들은 회색빛의 알몸으로 윙윙 바람 소리를 내며 떨고 있었다. 현란스럽던 빨갛고 노란 색채의 옷을 떨구어 버린 채 꿋꿋이 견뎌 내는 것이다. 나무는 고통을 이겨 내야만 새봄을 맞을 수 있다는 자연의 이치를 순순히 받아들이고 있는 것 같았다.

갱년기는 아픔을 딛고서야 넘을 수 있는 고갯길이라는 것을 겨울나무에서 배운다.

(2004. 겨울)

삶은 비애인가

지구를 반 바퀴 돌아 북구(北歐)의 엷은 햇볕에 몸을 쪼인다. 여행의 막바지에 들어서인지 어디엔가 주저앉아 쉬고 싶다. 광활한 들판도, 아름다운 피오르드도, 실자라인 선상(船上)에서 내다보는 일몰도 자연경관에 지나지 않고 나그네의 채워지지 않는 공허감이 온몸을 파고든다.

여행의 끝자락, 나는 지금 오슬로의 명물이라는 비겔란 조각공원에 와 있다. 10만 평의 부지 위에 노르웨이를 대표하는 천재 조각가이자 로댕의 애제자로 유명한 구스타프 비겔란의 조각 작품을 모아 놓은 곳이다. '인간의 삶'이라는 한 가지 주제로 200개가 넘는 작품이 설치되어 있어 국내외 관광객이 끊이지 않는다고 한다.

인간의 삶이라…. 피곤했던 몸에 비로소 의욕이 생긴다.

먼저 호수 옆에 있는 아홉 개의 어린이 청동 조각상이 눈에 들어온다. 둥근 원을 따라 여덟 명의 작은 아이들의 천진난만한 모습과 함께 원의 중앙에는 완전히 성숙한 실물 크기의 태아가 엄마의 뱃속 모양 그대로 머리를 아래로 한 채 거꾸로 조각되어 있다. 이곳이 인간의 삶이 시작됨을 의미하는 것이리라. 얼마나 평화롭고 따뜻하게 보이는지 저절로 미소가 번진다.

다음엔 인공 호수를 가로지른 생명의 다리 난간에 도열하듯 서 있는 청동 조각품들이다. 인생길의 애환을 담은 다양한 모습의 조각상이 나열되어 있다. 어른과 아이들이 함께 노는 모습이 활기차다. 그중에 주먹을 불끈 쥐고 발을 구르며 울고 있는 아이의 조각상이 더욱 이채롭다. 제목은 〈화가 난 아이〉로 세 살 때의 모습인데 이때부터 인간은 좋고 나쁨의 감정 표현이 시작된다고 한다.

다리 중앙에는 근육질의 남성이 둥근 원을 깨기 위해 투쟁하는 조각이 형상화되어 있고 맞은편에는 남녀가 둥근 원 안에서 운명에 순종하는 듯한 모습으로 서로 조화를 이루고 있다. 남녀가 포옹하며 사랑하는 모습과 머리를 움켜쥐며 갈등하는 연인도 있다. 인생은 이렇듯 상반되게 공존한다는 뜻이겠지.

대리석 기둥 위에 남자와 여자가 이무기와 싸우는 모습이 눈길을 끈다. 이무기의 형상들은 인간을 공격하고 무서운 꼬리로 온몸을 휘감는다. 기독교 전통에 따르면 이무기 같은 환상의 동물은 인간이 살아가는 데 겪어야 할 고난과 고통, 그리고 악과 적대 세력의 상징이라 했다. 이무기의 목을 조르며 사투를 벌이면서 고난과 운명에 대항해 싸우는가 하면 다른 연약한 인간은 삶을 포기한 듯 이무기의 품안에서 고개를 떨어뜨리고 있다. 비겔란은 인간을 감싸고 있는 고난과 인생의 행로를 이무기를 통해서 상징하려는 것 같았다. 나는 그 앞에서 발길이 떨어지지 않아 오랫동안 머물러 있었다. 가슴이 아려 왔다.

이 공원의 조각상들은 어린아이였을 때는 천진난만하고 평화스럽던 모습이 어른이 되어 힘들고 괴로운 형상으로 변화하는 과정을 보여 줌으로써 인생살이의 역경을 표현하고 있었다.

정녕 삶이란 고난의 연속이란 말인가. 진정 작가가 외치고 싶었던 것은 무엇일까. 나는 생각에 빠져 장미가 흐드러진 광장을 천천히 걷다가 폭포수처럼 쏟아져 내리는 분수대를 지나 우뚝 선 석탑 앞에서 발을 멈춘다.

바로 이 공원의 절정이라는 모노리스 석탑이다. 나신(裸身)의 사람들이 뒤엉켜 하늘로 올라가는 모양의 탑. 180톤이나 되는 한 덩어리의 돌로 무려 높이가 14미터고 121명의 사람들이 조각

되어 있다고 한다. 더구나 세 명의 석공이 14년간을 조각하여 완성했다고 하니 그 규모와 노고에 절로 감탄사가 흘러나온다.

석탑 둘레를 돌며 천천히 살펴본다. 맨 아래쪽에는 사람들이 짓눌려 거의 죽어가는 모습이고, 안간힘을 다해 위에 있는 사람을 붙잡는가 하면 떨어지지 않기 위해 밀치는 모습, 정상을 쳐다보며 기도하는 모습도 보인다. 한결같이 지치고 힘든 표정이다.

순간 이 드넓은 비겔란 조각 공원에서 갖가지 모습으로 조각되어 있는 인간의 힘든 삶이 모노리스 석탑에 응축되어 있다는 생각이 들었다.

이것은 인생에서 낙오하지 않으려고 온 힘을 다해 정상을 차지하려는 삶의 투쟁, 끝없이 높아지려는 인간의 욕망을 그대로 드러내고 있는 게 아닌가. 평화로운 유년 시절에서 서로를 짓밟고 경쟁하여 성년(成年)으로 성장하는 인생의 슬픈 과정은 모두 정상을 차지하려는 욕망에서 기인한다는 생각이 들었다. 비겔란은 인간의 욕망과 투쟁을 화강암 기둥 하나에 응축시켜 삶의 고달픔을 표현하고 싶은 것인지도 모른다. 되돌아보면 내 인생에도 비우지 못한 욕망 때문에 힘들었던 일이 얼마나 많았던가.

까마득한 모노리스의 석탑을 올려다보며 인생살이의 슬픔에 젖는다.

(2007. 가을)

행복 찾기

한참 오래된 이야기이지만, 주말 아침 〈생방송 행복 찾기〉 란 방송 프로그램이 있었다. 어느 날 무심히 TV를 켰다가 이 방송을 보게 되었다. 그날은 환갑을 갓 넘었을 것 같은 할머니 (라기엔, 당시에 나도 오십대였다) 세 분이 행복 찾기에 나섰다.

그중에서도 제일 젊어 보이고 고생을 덜 했을 것 같은 미모 의 S라는 할머니가 먼저 말문을 열었다. 그는 평생 사업을 하 며 동생들을 공부시키느라 아직도 미혼으로 결혼 시기를 놓쳤 는데 인생은 60부터라고 했으니 지금부터 짝을 찾아보려고 이 자리에 나왔다고 했다. 바쁘게 살다 보니 이 나이가 되었는데, 친구들 자식 결혼식에 다니다 보니 부모 자식 간의 애틋한 정 이 부러워서 되도록 자식이 많은 남편을 만나 텃밭에 상추나

쑥갓 같은 푸성귀를 심어 나누어 주는 기쁨 같은 것을 만끽하고 싶다고 했다. 그다음 할머니는 남편과 사별한 지 20년이 되었는데 사 남매를 키우느라 얼굴엔 주름이 져 나이보다 늙어 보였고 무릎에 놓인 손은 뭉툭하니 검버섯이 거뭇거뭇 피어 있었다. 아이들을 키우느라 힘들 때는 정이 깊었던 남편을 그리워하기보다는 원망을 더 많이 했단다. 하지만 이제 자식들을 다 출가시키고 보니, 이제라도 남편 같은 따뜻한 짝을 만나 여행이라도 하며 여생을 편히 살고 싶다고 했다. 세 번째 할머니는 삼십대 중반에 남편과 이혼한 이였다. 초등학교 교사였던 남편은 아이들 눈망울이 초롱초롱하고 살림이 한 가지씩 느는 한참 재미있을 나이에 같은 학교의 젊은 여교사와 눈이 맞아 두 집 살림을 하자고 제의를 했단다. 정나미가 떨어져 아이들을 데리고 나와 버렸다고 했다. 지금도 치가 떨리는지 분을 삭이려 애쓰는 모습이 안쓰러웠다. 남자라면 몸서리가 쳐지지만 아이들은 다 제 갈 길을 가고 빈집에 우두커니 있자니 이 늘그막에 서로 등이라도 긁어주며 정을 주며 사는 것이 사람 사는 것이 아닌가 싶어 이 프로에 나오게 되었다고 했다.

각각 사연은 다르지만, 다들 젊었을 때는 사는 데 바빠서 행복이 무엇인지 생각도 못 하다가 환갑이 지나 혼자가 되자 나름대로 여생을 행복하게 사는 법을 찾아 용감하게 짝을 찾아 나선 것이다. 60을 갓 넘긴 나이. '인생은 60부터'라는 말은 인생의 황금기를 넘겨 위로하고 격려하는 말이기도 하지만 어찌 보면 새로운 인생의 시발점이기도 하다. 결국 '행복 찾기'의 핵심은 진정한 짝을 찾아 서로 의지하며 기대어 살아가는 것이라는 게 이 프로그램의 취지였던 것 같다.

가족을 위해, 자식과 남편의 성공을 위해, 나 하나쯤의 희생이야 마다하지 않았던 우리 시대 어머니들. 하지만 그들이 행복하면 나도 행복하다는 공식은 이제 확실히 저물어 가고 있다. 최근 들어 젊은이들의 전유물처럼 급증하는 이혼도 낯설지 않은 말이 되었고 황혼 녘에 갈라서는 '황혼 이혼'이라는 신조어까지 생겨나면서 이는 전체 이혼율의 30퍼센트나 된다고 한다. 끝없는 가사 노동과 권위적인 남편에 지친 어머니들. 그들도 이제는 여생을 사람답게 살고 싶다며 당당하게 이혼장을 들이댄다. 바꿔 말하면 이제야 그런 세상이 됐다. 이혼도 행복 찾기의 한 단면인 것이다. 맞는 말이지만 한편으론 서글픈 말이기도 하다.

우리 아이들도 한창 결혼할 나이지만 아무 생각이 없는 것 같다. 요즘에는 연애도 결혼도 교통사고 같은 것이라는 우스갯

소리가 있는 모양이다. 교통사고처럼 갑자기 찾아오는 것이기도 하지만, 그렇게 갑자기 휘말리듯 하지 않으면 결국 이루어지지 않는 일이라는 의미이기도 하단다. 이제는 자신의 '행복 찾기'를 위해서라면 '결혼'도 '이혼'도 '연애'마저도 다 선택인 세상이 되고 보니, 아이들 자신의 행복이 최우선인 나로서는 아이들에게 뭐라 할 말도 없다. 우리 아이들이 이 '행복 찾기'라는 프로그램을 본다면, 어쩌면 한술 더 떠 왜 자신의 행복을 자신에게서 찾지 않고 '짝'에서 찾느냐며 항변할지도 모를 일이다.

고백하자면 나야말로 교통사고처럼 결혼을 했다. 이십 대 초반 첫 맞선으로 결혼에 골인했고, 심지어 남편은 당시에 독신주의자였다고 고백했다. 하지만 현실 도피로 도망치듯 한 결혼에서 나는 안정감을 찾았고, 아이를 딱히 원하지 않았던 남편은 세 아이에게 더할 나위 없이 다정한 아빠가 되어 주었다.

우리 부부의 성격은 극과 극일 정도로 정말 많이 달랐고 각각 다른 방식으로 불안정했지만, 서로를 만남으로써 '행복 찾기'라는 여정의 출발점에 서게 됐다. 우리는 그림으로 그린 것 같은 부부는 아니었어도, 적어도 서로에게 힘이 되어 주는 친구 같은 부부로 살았다고 생각한다. 우리가 만나지 않았다면 몰랐을 자신의 좋은 면을 발견했고, 물론 상대방의 좋은 면도 배워 나갔다.

물론 '행복 찾기'의 방식은 사람마다 다를 것이다. 하지만 꼭 온전한 나에게서만 행복을 찾을 필요는 없지 않은가. 나는 솔직히 온전히 내 힘으로 나만의 행복을 찾는 게 더 어려울지도 모른다는 생각을 지울 수가 없다. 어쩌면 배우자가 가족들이, 나 혼자였다면 미처 발견하지 못할 진정한 나의 행복을 같이 찾아줄지도 모를 일이다. 그런 면에서 배우자를 자신의 행복 테두리 안에 넣지 못하고, 방해 요인쯤으로 생각하는 요즘 아이들이 많이 안타깝다. 아무리 세상이 변했다 해도, 길고 긴 인생길에서 힘들고 어려울 때 서로에게 힘이 되어줄 수 있는 사람은 부부가 아닐까 싶어서다.

(2008. 봄)

5부

나를
성장시키는
수필

나는 철학적이고 사색적인 수필도 좋아한다.

그런 글을 써 보려고 노력도 하지만,

아직 내 얕은 사고(思考)로는 역부족인 것 같다.

본래 수필은 삶을 생각하고 나를 반추하는 문학이기 때문에

글 쓰는 이의 인격과 수양이 드러나기 마련이다.

내가 이토록 수필을 쓰기 힘들어하는 이유도

내 인격과 수양이 너무 모자란다고 느끼기 때문이다.

하지만 다시 생각해 보면, 수필이 사고하는 문학이기 때문에

수필을 쓰면서 나 자신이 성장하기도 할 것이다.

- 〈나를 성장시키는 수필〉 중에서

안개 속에서

새벽길을 나선다. 어둠이 채 가시지 않은 시골길을 차는 달린다.

11월 첫째 일요일, 시제에 참석하러 가는 길이다. 매년 이날이면 불문율처럼 치르는 연례행사. 추수가 끝난 들에는 벼 그루터기들이 하얗게 서리를 인 채 한 해를 묵상하듯 도열해 있고, 미처 거둬들이지 못한 김장 배추의 오그린 모습이 겨울을 재촉한다. 그러나 차가 고속도로에 접어들자 안개가 스멀스멀 가로막아 아무것도 볼 수 없게 우리를 가둬 버렸다. 가을산의 풍요로움도 시야에서 사라졌다.

차는 가다서다를 반복하다가 아주 멈춰 버렸다. 순간의 일이었다.

"지독한 안개군. 한 치 앞도 볼 수가 없네."

남편이 운전대에서 손을 내리며 낭패스러운 듯 한마디 건넨다. 그래도 나는 천하태평이다. 남편의 운전 솜씨를 믿는 건 있지만 길을 찾아가는 것은 오로지 운전자의 몫이지 않은가. 다만 나는 자연이 주는 이 기이한 현상을 감상하고 즐기기만 하면 될 일이다. 그러나 지척도 분간할 수 없는 잿빛 공간 속을 물끄러미 응시하자니, 까만 점 하나가 너울너울 춤을 추며 큰 물체로 변하며 가까이 다가온다. 그것은 보이지 않는 길을 찾아 허우적거리는 내 서른다섯 살의 깡마른 모습으로 클로즈업되었다.

남편이 큰 병을 앓아 우리의 생애에서 가장 힘들었던 때다. 그 장신의 키에 몸무게가 52kg까지 줄고 피곤이 겹친 모습은 보는 이의 마음을 아리게 했다. 나도 같이 말라 갔다.

훗날 아버님께서 "아가, 바깥 아는 네가 살렸다."라고 수차례 얘기하시는 걸 보면 그때 남편의 상태가 얼마나 심각했는지 새삼 마음이 아리다.

병에 좋다고 하면 못할 일이 없었다. 어머님은 굼벵이가 특효라면서 시골 어느 초가집에서 구해 오셨고 시누이는 개소주집에서 세상 구경도 못한 새끼 강아지를 사 왔다. 내 손으로 손수 그것을 달며 너무 죄스러워 신이 있다면 용서해 주십사하고, 모든 죗값은 제가 받겠다고 울먹거렸다. 그러나 병은 차도가 보이지 않았고 그의 얼굴은 병색이 짙어졌다. 더군다나 의사는 간경화까지 겹친 것 같다며 겁을 줬다. 간경화가 얼마나 심각한 병인지 모르던 철없던 아내는 ≪의학대사전≫을 찾아보고 나서야 공포에 떨었다. 그때는 지금처럼 정밀 검사를 통해 정확하게 병명을 밝히는 것이 아니고 의사의 소견으로 미리 무슨 병인가를 말해 주기도 했던 때이다. 뒤늦게 간 조직 검사를 해 오진이라는 걸 알고 안도의 숨을 내쉬었지만, 마음고생을 해서일까 환자의 상태는 더 나빠져 갔다.

그러던 어느 토요일, 그때만 해도 구하기 어려운 알부민 주사약을 어렵게 구해 병원에서 주치의의 허락을 받아 주사를 놓았다. 원래 그 주사는 아주 천천히 놓게 되어 있었는데 그날이 마침 토요일이라 간호사가 빨리 퇴근을 하고 싶어서 그랬는지 약을 너무 빨리 넣는 바람에 그 부작용으로 얼굴이 백지장이 되어 사경을 헤맸다. 나는 큰일을 당할 것 같아 너무나 무서워 형제들을 불러들였다. 의사가 긴급 출동하고 응급 처치를 해서 겨우 위기를 면했지만, 다시 입원을 하게 됐다. 그 후유증은 꽤 오래 갔다.

가까스로 퇴원을 하자 나는 다시 정성스레 식단을 짰다. 신선한 먹거리를 준비하느라 매일 아침 일찍 시장을 드나들었다. 끼니때마다 5대 영양소를 따져가며 소화가 잘된다는 찰밥을 하고 아침저녁으로 사과와 당근을 갈아 베 보자기에 짜서 즙을 만들었다. 그래도 남편은 뜨겁다 차다 하며 짜증을 부렸지만, 몸이 아프면 마음도 아프다는 걸 나는 그때는 미처 알지 못했다.

남편이 원망스러웠다. 부모 형제는 멀리 떨어져 있어 한 번씩 소식을 전하면 그뿐, 아이들은 어리고 나는 외로웠다. 초등학교에 다니는 고만고만한 삼 남매, 저녁이 되면 파김치가 되어도 잠자는 아이들의 이불깃을 다독여 주노라면 이 어린것들을 어떻게 키울 것인가 어둠 속에 앉아서 눈물을 쏟곤 했다. 보이지 않는 앞날에 대한 불안은 또다시 불면증이 되어 밤을 지새웠다.

어디에고 기대고 싶었다. 혼자서는 헤쳐나갈 수가 없었다. 종교도 없을 때였지만 하느님을 찾았다. 모든 것이 내 탓만 같아 통회하고 자비를 베풀어 주십사고 간절히 기도했다. 서른다섯의 철없는 아낙이 겪어 내기에는 너무나 버거웠던 삶, 남편의 상태가 더 나빠지는 듯하면 불안하여 갈피를 잡지 못하고 마음을 다잡으며 하느님께 매달리곤 했다.

그렇게 힘든 고비를 몇 번씩 넘기면서 남편은 거짓말처럼 조금씩 회복되어 갔다. 신은 이런 시련을 통하여 인내와 감사를 배우게 하는 것일까. 그즈음에 큰댁 종부를 보게 되었는데 처음 보는 내 얼굴이 너무나 맑고 선하여 호감이 갔다고 말한 적이 있다. 지금 생각해보면 오직 남편의 회복을 위해 신에게 온전히 매달렸던 그때가 어쩌면 내 인생에서 영혼이 가장 순수한 때가 아니었나 싶다.

남편은 회복되었고 안개는 걷혔다. 또한 나는 그 일로 신앙을 얻게 되었다. 되돌아보면 크고 작은 어려운 일이 있을 때마다 나는 그때를 생각하며 마음을 다스렸던 것 같다.

지금도 안개가 낀 날이면, 더군다나 오늘같이 한 치 앞도 볼 수 없는 숨 막히는 날이면 어찌할 바를 모르고 허우적거리는 젊은 날의 내가 환영처럼 떠오른다.

(2012. 가을)

꿈꾸던 시절

친구여.

가을입니다. 40도를 오르내리며 가물던 폭염 속의 여름도 어느덧 지나가고 풍요의 계절이 왔습니다. 들녘은 온통 황금빛으로 물결치고 길가의 코스모스는 무엇이 그리운지 목을 빼고 먼 곳을 향해 한들거립니다. 결실의 계절인가 하면 그리움의 계절이기도 하니까요.

그리운 친구여.

인생의 가을이기도 한, 이 나이에 되돌아보면 무엇 하나 이룬 것 없는 허망함에 풍요로워야 할 이 가을이 더더욱 쓸쓸합니다. 그대는 지금쯤 무엇을 하고 있을까요? 이상과 꿈을 향해 달리던 그대의 모습이 생각납니다. 그대는 가정 형편도 어려운 데다 어머니도 일찍 돌아가셔서 새엄마 밑에서 자랐지만, 누구보다 생각이 깊고 의지가 강했습니다. 우리는 중학교 이학년 때부터 여고 일학년 때까지 같은 반에서 공부하고 문예반에서 함께 활동했던 친구이자 동반자였지요. 늘 붙어다니며 내 작은 부엌방에서 밤을 지새우며 시험공부를 했지요. 헌책방에서 뚱보 아저씨가 골라주는 소설책을 읽고 눈빛을 발(發)하기도 했고요. 아버지가 보시던 잡지 ≪사상계≫ ≪교육자료≫의 단편소설과 시, 산문 같은 글을 읽으며 우리는 서서히 문학의 세계에 젖어 들었습니다.

친구여.

그러던 여고 1학년 겨울 방학 때, 아버지의 전근으로 나는 고향을 떠나 서울과 가까운 소도시로 전학을 가게 되었습니다. 경상도의 작은 촌가시내가 적응하기엔 너무나 생경한 서울 말씨의 세련된 아이들, 나는 내 안에 나를 가두는 말 없는 아이가 되었지요. 오직 그대에게 편지를 쓰며 고향에 대한 그리움을 달랬습니다. 그때 주고받던 편지가 와이셔츠 상자에 그득하니, 지금도 내 보물 상자 1호입니다.

우리의 편지는 애절했고 그리움의 덩어리였습니다.

"철수가 위~ㅇ 거리는 전봇대에 귀를 대고 서울 계신 언니에게 언니이~ 하고 부르니 우렁이 잡던 순이가 왜 그래~ 하고 대답하더란 그 전봇대에 나도 귀를 대고 철수처럼 그리운 이를 불렀다."라는 그대의 편지엔 나도 눈물을 쏟고 말았습니다.

친구여.

그러나 그대는 단지 그리움에만 목메는 철부지는 아니었습니다. 방학 동안에 20여 권의 소설책을 읽는 책벌레에다 언제나 전교 1등을 놓치지 않는 다부진 소녀였지요. 일기장에 적은 자신의 마음을, 상태를 그대로 편지에 옮겨 보낼 땐 나 자신이 그대가 된 듯 전율을 느꼈습니다.

이상과 현실 앞에서 갈등하고 고뇌하고, 그 거리를 좁혀 보겠다고 많이 읽고 공부해서 그 이상과 자신의 사이에 몽롱하게 끼인 안개를 말끔하게 걷어내겠다고 다짐하던 그대였지요.

그대의 영향인지 나도 그즈음 세종대왕 탄신일 백일장에서 장원을 해, 문학에 눈을 뜨기 시작했습니다. 그 소식을 전했을 때 "내가 하고 싶은 공부를 네가 하고 있구나. 쓰고 싶다는 것, 이것을 빼고 나의 인생을 어떻게 꾸려나갈 수 있고, 어떻게 설명할 수 있단 말이냐."고 울부짖듯 역설하던, 연필로 휘갈겨 쓴 그대의 답장이 지금도 눈에 선합니다. 초등학교 4학년 때부터 강원도 도내 백일장(*이때는 우리 마을이 강원도였음, 지금은 경상도)에서 장원을 한 이후로 글 잘 쓰는 아이로 두각을 나타냈던 그대였으니까요. 글에 대한 그대의 집념은 대단했습니다. 그대는 드디어 ≪꿈의 집≫이라는 책을 쓰고 있다고 귀띔해 왔지요. 나는 이제나저제나 그 글을 볼 수 있기를 기다렸습니다. 하지만 얼마 후 그대는 힘없는 필체로 그 ≪꿈의 집≫은 영원한 '꿈의 집'이 되었다고 고백했습니다.

졸업하면서 우리의 편지는 언제부터인지 부칠 수 없는 소인 없는 편지가 되어 가슴에 묻히고 말았습니다.

친구여.

그 뒤로도 세월이 많이 흘렀습니다. 우리의 연락이 두절된 상태에서 그대는 초등학교 교사가 되었고 10여 년의 열애 끝에 가난한 검정고시 출신의 대학 교수가 된 의지의 사나이와 결혼했다는 소식이 바람결에 들려왔습니다. 나는 아이들의 입시가 끝나자 수필 공부를 시작했습니다. 그 뒤로 글을 쓸 때마다 그대는 늘 내 곁에 있었습니다. 그대도 어디선가 나처럼 글을 쓰고 있을 거라 생각했으니까요.

　그러나 훗날 그대와 재회했을 때 나는 실망했습니다. 그대는 글에 관한 얘기에는 별 관심이 없고 아이들 얘기며 현실적인 이야기만 하더군요.

　그렇지만 나는 지금도 글이 안 될 때마다 그대의 사색적인 편지와 명문장이 생각납니다. 그럴 때마다 그대의 글이 언젠가는 날개를 달고 세상 밖으로 나와 많은 사람의 심금을 울리는 명작으로 태어나는 꿈을 꿉니다.

(2018. 겨울)

그리운 할머니

L선생님께서 SNS로 동영상을 보내셨다. 비녀로 쪽을 찐 머리가 하얀 뒷모습의 할머니다. 할머니는 두 손으로 무릎을 감싼 채 하염없이 먼 곳을 바라보고 앉아 있다. 영상의 제목은 '어머니'였지만 나는 몇 년 전 돌아가신 내 어머니가 아니라 돌아가신 지 반백 년이 지난 우리 할머니를 떠올린다. 쪽을 찐 그 뒷모습이 우리 할머니 모습 그대로였기 때문이다. 나는 영상을 여는 것도 잊은 채, 할머니 환상에 젖어 멀거니 창밖을 내다보고 있다.

할머니는 내게 거의 엄마 같은 존재였다. 엄마는 동생만 데리고 교사였던 아버지를 따라 읍내로 나가 사셨고, 나는 할머니 댁, 그러니까 내가 태어난 그 산골 마을에서 유년 시절을 보냈다. 아랫집에 사는 옥이 엄마는 걸핏하면 "너는 다리 밑에서 주워 왔다. 그러니까 너는 떼어 놓고 동생만 데리고 갔지." 하며 나를 놀려먹었다. 생각해 보니 나는 얼굴이 하얗고 예쁜 엄마를 닮지 않은 것도 같았다. 미심쩍어 불안한 눈으로 할머니를 쳐다보면 놀리려고 괜한 소리 한다며 별로 신경도 쓰지 않으셨던 것 같다. 지금도 그렇지만 그때엔 애들이 말을 잘 안 듣거나 미운 짓을 하면 우스갯소리로 다리 밑에서 주워 왔다고 해 아이를 울리는 건 일상다반사였다. 하지만 어린 시절 부모님과 떨어져 지냈던 나에게는 유난히 더 그럴듯한 이야기였다.

아버지가 여름 방학이 되어 온 식구가 모였다. 원래 고우셨던 엄마는 더 환해지셨고 한창 재롱을 떠는 남동생을 가운데 두고 웃음꽃이 피었다. 나는 주눅이 들어 어색하고 부끄러워 할머니 치마폭으로 얼굴을 가렸다. 내 엄마가 아닐지도 모른다는 생각에 가슴이 콩닥거렸다. 그때 할머니는 나를 꼭 안아 주며 "두고 봐라. 우리 흔순이(할머니가 사투리로 내 이름 '현순'을 지칭하던 말)는 읍내 학교 가면 공부도 잘하고 앞으로 큰 사람이 될 거다."라며 치켜 주셨다. 할머니의 부추김에 나는 마음의 안정을 찾을 수 있었지만, 설상가상으로 방학은 금세 끝나고 농번기에 점심과 새참을 준비하느라 바쁘기만 하던 엄마는 나와 친해질 사이도 없이 아버지를 따라 읍내로 가셨다. 이내 시무룩해진 나를 보듬어 주느라 할머니는 밤마다 한 손으로 팔베개를 하고 다른 한 손으로 토닥거리며 〈콩쥐팥쥐〉나 〈심청전〉 같은 옛날얘기를 해 주셨다. 그러면 자장가 같은 할머니의 목소리를 들으며 나는 어느새 잠 속에 빠져들곤 했다.

하지만 어찌 된 일인지 읍내 학교에 보내 준다던 약속은 지켜지지 않았고 나는 십 리나 되는 산길을 걸어 다니는 촌 학교(초등학교)에 입학하게 되었다.

산길은 멀고 무서웠다. 동네 아이들과 함께 다녔지만 어쩌다가 혼자 집에 오게 되는 날은 그 무서움에 오금이 저릴 정도로 발걸음이 떨어지지 않았다. 뒤를 돌아보면 괴한이 쫓아올 것 같고 모퉁이를 돌아서면 참꽃(진달래꽃) 뒤에 숨은 문둥이가 덮칠 것 같아 얼마나 마음 졸였던가. 그때 나를 구해 준 건 멀리서 "흔순아! 흔순아!" 하고 부르던, 애절하면서도 간곡한 할머니의 목소리였다. 안도감에 할머니 품에 안겨 서럽게 흐느껴 울었던 기억이 지금도 생생하다.

몇 년 뒤 다시 부모님과 함께(할머니도 같이) 살게 되었지만, 할머니와 단둘이 살았던 시간, 할머니와의 추억이 얼마나 강렬했던지, 나는 지금도 '엄마' 하면 이상하게 '할머니' 모습이 먼저 떠오른다.

읍내에 여학교가 생겨 1학년에 입학하게 되었다. 남녀 공학에서 처음으로 여학교 1회 학생이 되었다는 긍지는 대단했다. 그때 나는 단짝 친구와 함께 새벽 가로등 불빛을 받으며 논둑길을 가로질러 대문도 없는 교문을 들어서곤 했다. 항상 1등으로 학교에 도착했기에, 당연히 학교엔 아무도 없었다. 그 시절 우리는 무슨 연유에서인지 열심히 공부해야 한다는 절박감과 의지가 활활 타고 있었다. 그때 할머니는 아침밥도 먹지 않고 새벽같이 학교에 가 버린 손녀의 아침 도시락과 점심 도시락을 손수 싸 가지고 교실 문을 두드리시곤 했다. 지금 다시 생각해 봐도 정말 눈물겨운 손녀 사랑이었다.

나중에 곰곰이 생각해 보니 나에 대해 특히 유난스러웠던 할머니의 사랑 때문에 엄마도 나에게 사랑을 제대로 표현하기 힘든 측면이 있었던 것 같다. 무조건 내 편인 할머니 때문에 내가 너무 버릇이 없어질까 염려했던 것일 수도 있다.

사춘기 시절을 돌이켜봐도 나는 엄마에게 살갑지 못했고, 엄마는 나에게 좀 무심했다. 예를 들면 시험공부 한답시고 방에 들어박혀 소설책을 보거나 하면 엄마는 여지없이 심부름을 시키거나 일을 시켰지만, 할머니는 절대 날 건드리지 않으셨다.

아니, 할머니는 평소에도 내가 집안일을 하는 것을 그다지 좋아하지 않으셨다. 내가 손에 물 안 묻히고 책을 들고 사는 큰 사람이 되기를 원하셨던 것 같다. 항상 '여자라도 배워야 대접받고 산다.'고 말씀해 주셨으니까. 그 시절 그 산골에서 친할머니에게 그런 기대를 한 몸에 받는 손녀딸은 그리 흔치 않았으리라.

하지만 우등상을 곧잘 타와 한 가닥(?) 하리라 기대했던 손녀딸은 또래 친구들보다 훨씬 더 어린 나이에 결혼해 평범한 주부가 되었다. 할머니는 증손녀가 태어나는 것까지 보시고 돌아가셨다. 그때 할머니의 마음이 어떠셨을까.

할머니의 나이에 가까워지면질수록 나이가 들어가면 갈수록, 할머니 생각이 더 자주 많이 난다. 아무리 생각해 봐도 그 커다란 사랑을 제대로 보답해 드린 기억이 없어 한없이 죄송한 마음이 든다. 그래도 좋아하던 글공부를 다시 시작해 할머니 이야기를 몇 자 실었으니 대견하다고 해 주실까. 어쩌면 그러실 것도 같다. 나에게만은 한없이 관대하셨던 분이시니.

(2020. 봄)

뭘 해 먹나

저녁을 먹고 나니 피로가 밀려온다. 이젠 봄이지 싶어 창가에 비치는 따스한 햇살만 믿고 버버리 옷자락을 날리며 나들이를 했다가 혼이 난 탓이다. 꽃샘추위를 몰고 오는 사정없는 찬 바람에 온몸이 욱신거린다. 봄을 시샘하는 겨울바람은 곱게 물러나는 법이 없어, 혹한으로 몰아치면 나같이 부실한 사람은 감기 몸살로 고생하기 십상이다. 이러다가 또 병이 나면 큰일이다 싶어 뜨거운 생강차를 마시며 몸을 녹인다. 그제야 훗훗해지며 온몸이 풀리는 것 같다.

건강하려면 그저 삼시 세끼 밥 잘 챙겨 먹고 운동을 꾸준히 하는 게 제일이라고 하니, 우선은 뭘 해 먹느냐가 요즘 사람들의 관심거리다. 텔레비전을 켠다. 이리저리 어느 채널을 돌려

봐도 온통 먹는 이야기뿐이다. 하지만 정작 먹을 만한 음식은 좀처럼 눈에 띄지 않는다. 보기 좋은 음식이 몸에도 좋다고들 하지만, 화려한 퓨전 음식보다는 볼품없는 토종 먹거리에 입맛을 다시는 나는 오늘도 〈한국인의 밥상〉에서 눈길을 멈춘다. 내가 자주 보는 프로그램이다. 국민 배우 최불암이 일주일에 한 번 전국 곳곳을 다니며 그 지방에서 나는 먹거리로 토박이 사람들과 신토불이 밥상을 차리는 내용이다.

가난한 시절에 먹던 이러한 밥상은 주로 할머니나 전수받은 딸이나 며느리들이 이어받아 그 지방의 별미로 전해지고 있다. 하늘만 쳐다보는 천수답에 흉년이라도 들면 많은 식구가 입에 풀칠하기 어려워 풀뿌리나 들풀로 양식에 보태다 별미가 되기도 했을 테고, 또 한편으로는 신선한 농작물이 풍작이 되어도 유통이 발달하지 않던 시대라 그 지방의 토속적인 음식 문화가 발달하기도 했던 것 같다. 그러다 보니 자연 그대로인 싱싱한 제철 재료로 바로 만들어 맛도 좋고 영양도 좋은 최고의 건강식으로 탄생된 것이리라.

오늘은 남녘 작은 갯마을의 봄맞이 상차림이다. 파도가 부서지는 검은 갯바위에 엎드려 아낙네들이 무언가 열심히 뜯고 있다. 파래, 김, 톳 같은 해초…. 미끄러운 바위에 자칫 잘못 디

디면 바닷물에 빠질 것 같은 아슬아슬한 광경이다. 바닷바람은
또 얼마나 매서운가. 머리카락이 날리고 볼이 빨갛다. 처음에
는 저렇게 뜯어서 언제 바구니를 채우나 싶을 정도로 작디작은
해초들이 어느새 바구니를 가득 채우고, 다듬고 씻으면 금세
향이 기막히게 좋은 찬거리가 된다. 그게 다가 아니다. 머리가
하얀 할머니도 노는 법 없이 들이나 밭둑을 살피며 쑥, 달래,
냉이 같은 들나물을 캐서 다듬어 놓는다. 그러면 며느리는 어
느새 그것들을 해초와 함께 새콤달콤하게 초장에 버무려 입맛
을 돋우고, 새파랗게 데쳐 무치고, 뜨끈한 국도 끓여 낸다. 소
박하면서도 호사스런 이 음식은 시어머니와 함께 살던 시골 생
활을 고스란히 떠오르게 한다.

갓 결혼하고 신혼 시절을 1년 남짓 시골에서 보낸 적이 있
다. 시집살이라고까진 할 수 없지만 아무것도 모르는 풋내기
어린 새댁은 그저 시어머니 꽁무니만 쫓아다니며 시키는 대로
부엌 일을 배웠다. 고된 일은 아니었지만 채마밭도 따라다니며
풋고추도 따고 나물거리도 장만했다. 어머니는 가냘픈 체구에
팔 남매를 키우며 일꾼까지 둔 대식구들의 삼시 세끼 먹거리를
챙기느라 하루종일 종종걸음을 치셨다. 비 오는 날엔 손수 홍
두깨로 밀어 콩칼국수로 식구들의 입맛을 돋우고, 무쇠 솥뚜껑

을 뒤집어 놓고 수수 부꾸미를 부쳐 모자라는 영양을 보충해 주기도 하셨다. 언제나 신기하리만큼 척척 끼니때마다 잘 해내시는 어머니였지만 때때로 나에게 의견을 구하듯이 "오늘은 뭘 해 먹나?" 하시며 고심하던 모습이 눈에 선하다. 그런 어머니를 보면 저절로 먹는 일이 사는 일임을 실감했다.

지금은 어디를 가나 음식이 지천이다. 그렇지만 정말 제대로 된 먹거리는 얼마나 될까. 양념을 많이 쓸수록 그 음식 본연의 맛이 없어지고 몸에도 좋지 않다고들 하지만, 이미 바쁜 현대인들의 혀는 달고 짜고 매운 외식 문화에 길들어진 지 오래다. 직장인뿐 아니라 주부도 마찬가지다. 먹을 것 자체가 부족해서 끼니를 걱정했던 옛날과는 전혀 다른 의미로, 요즘 주부는 집밥을 만드는 일을 힘들어하는 것처럼 보이기도 한다. 이래저래 집안에서 '음식'을 책임지고 있는 주부는 힘들다. 오죽하면 주부가 가장 맛있어 하는 음식은 남이 해 준 음식이고, 가장 유능한 주부는 맛집을 잘 아는 정보통이라는 우스갯소리가 다 있을까.

그러나 나는 지금도 특별한 날이 아니고는 집밥을 고수하는 우리 집 식구의 식성에 맞추어 밥하는 일에 동분서주한다. 가족들의 입맛과 건강을 책임지는 자리, 언젠가부터 나의 머릿속

식단은 5대 영양소로 가득 차 있다. 어떻게 하면 이 모든 영양
소를 균형 있게 배합하면서도 더 맛있는 밥상을 차릴 수 있을
까, 나의 고심거리는 떠날 날이 없다.

'오늘은 또 무얼 해 먹지?'

그 옛날의 어머니처럼 어느새 나도 부엌을 들어서며 중얼거
린다.

(2015. 가을)

흙빛 냉이

찬바람이 낙엽을 쓸고 가면서 눈발까지 흩날린다. 김장도 끝나고 겨울이 시작되었다. 올겨울은 무척 추울 거라고 기상 예보에서 지레 겁을 준다. 옷깃을 여미고 마트로 향한다. 마트에는 싱싱한 채소가 계절을 잊은 채 진열되어 있다. 애호박, 오이, 가지, 브로콜리, 시금치, 냉이, 달래… 줄 지어선 그들 앞에서 금방 향을 풍길 것 같은 잎이 파란 냉이가 유난히 내 눈에 띈다.

'냉이가 나왔네. 남녘에서 올라온 가을 냉이인가 보네.'

반가운 마음에 파란 냉이 한 봉지를 얼른 집어서 바구니에 쏙 집어넣는다. 그 옛날 어머니가 해 주시던 '냉이채국'이 갑자기 먹고 싶어졌기 때문이다.

그러나 집에 와서 펼쳐 보니, 이런! 잎사귀만 무성하고 뿌리
는 빈약한, 하우스에서 성급하게 키운 것들이다. 언제부턴가
자연에서 저절로 크던 먹거리까지 하우스에서 재배해 이 겨울
에도 당당하게 야채 코너 윗자리를 차지하고 있다. 실망스러운
마음을 뒤로하고 하나하나 다듬어서 국을 끓였으나, 향도 없고
냉이 맛이 나지 않는다며 식구들 반응이 시큰둥하다. 겨울 냉
이는 아니더라도 노지에서 자란 가을 냉이라면 이렇듯 향이 없
진 않을 텐데….

　　어렸을 적 어머니가 끓여 주시던 '냉이채국'은 일품이었다.
김장 김치도 시어 가고 입춘이 다가올 무렵, 어머니는 아직도
얼음이 덜 풀린 빈 밭 언저리에서 흙빛 냉이를 캐어 국을 끓이
셨다. 다시물에 무를 채 썰어 넣고 잘 다듬은 냉이를 씻어 물기
를 뺀 후 숭덩숭덩 썰어 생콩가루를 듬뿍 묻혀 한소끔 끓여 내
면 희한하게도 색깔이 파랗게 변하며 온 집안이 냉이 향으로
가득했다. 마을을 쏘다니며 딱지치기를 하던 동생까지 큰 소리
로 불러, 온 식구가 두레상에 둘러앉아 김이 나는 뜨거운 국을
후후 불며 먹고 나면 얼마나 속이 뜨끈하고 후련하던지. 지금
도 그 맛을 잊을 수가 없다. 할머니는 어떤 국보다도 어머니의
이 냉이채국을 좋아하셨다. 어머니가 떠 놓은 우리의 국 위에

한 국자씩 더 얹어주시며 "우리 강아지들, 많이 먹어라. 이게 인삼보다 더 좋은 보약이다." 이렇게 말씀하시곤 했다.

사실 '냉이' 하면 가을 냉이보다는 으레 봄 냉이를 먼저 떠올리기 마련이다. '달래 냉이 꽃다지'라는 노랫말도 있듯이, '냉이'는 제일 먼저 봄을 알리는 봄의 전령사이기 때문이다. 이 냉이는 가을 냉이가 겨울을 이겨 내느라 흙빛이 되었지만 파란 싹이 돋기 전에 입맛을 살리는 독보적인 존재다. 잎은 겨우내 얼었다 녹았다 하느라 검붉게 변해 흙빛으로 볼품이 없지만 뿌리는 굵고 튼실해 땅이 녹기 시작할 무렵의 냉이는 일 년 가운데 가장 향긋하고 연하다. 이 흙빛 냉이가 이른 봄에 나는 진짜 봄 냉이이지만 보통은 겨울 냉이라고 부르기도 한다.

세월이 흘러 주부가 되고 도시 생활을 하느라 어느덧 흙빛 냉이를 잊고 살았다. 그러는 사이에 흙빛 냉이 자체를 볼 수 없게 되었다. 도시의 시장이나 마트에는 밭에서 쉽게 키운 겉보기만 좋은 파란 냉이가 대부분이다. 어찌 그 귀한 것들이 도시까지 나올 수 있겠는가. 어쩌다 재래시장 모퉁이에 할머니가 한 주먹씩 놓고 파는 흙빛 비슷한 냉이를 사 먹어 보지만 어릴 적 그 맛은 나지 않는다.

그러던 어느 날, 시골에 갔다가 겨울의 빈 배추밭에서 어린 시절에 보던 진짜배기 흙빛 냉이를 발견했다. 처음에는 흙인지 냉이인지 분간하기 어려워 허리를 구부려 살펴보니 땅에 납작 엎드려 버티고 있는 모습이 확실한 냉이였다. 모두가 사라진 황량한 겨울 밭에 홀로 살아남은 강인한 생명력의 냉이! 엄동설한(嚴冬雪寒)의 찬바람과 눈보라를 이겨 내느라 얼마나 안간힘을 썼으면 저렇게 흙빛이 되었을까.

그 모습에 숙연해져 잠시 그 냉이를 가만히 들여다보는데 갑자기 아들의 얼굴이 겹쳐진다. 가끔 밤을 새우고 들어오는 날, 아들의 얼굴은 흙빛이었다. 연구실에서 논문 때문에 고군분투하느라 많이 힘들었나 보다. 그럴 때마다 안쓰러워 그냥 편한 길로 가도 된다고, 너무 힘들면 중간에 포기해도 괜찮다고 말하고 싶을 때도 있다. 하지만 아이의 흙빛 얼굴을 쳐다보면 지금까지 그 아이가 고생하며 다져 온 길이 고스란히 보이는 것 같아 아무 말도 할 수가 없다.

그래서 마음을 다시 고쳐먹는다. 냉이의 흙빛은 그동안 냉이가 겨울을 견디어 왔다는 증거다. 혹독한 겨울을 보내느라 너무 힘들어서 지친 모습이 아니라, 비록 빛깔은 척박하고 황량해 보이는 흙빛이지만 사실은 겨우 내내 단단하게 키워 온 강인한 생명력을 지닌 모습이다. 이제 봄이 오면 흙빛 냉이는 어떤 봄나물이나 어떤 봄꽃보다 더 빨리 그 생생한 생명력을 터 뜨리리라.

파란 냉이가 겨울을 이겨 내느라 흙빛이 되어 튼실한 뿌리와 향기를 풍기듯, 아들도 어려운 고비를 잘 극복해 희망찬 새봄 을 맞았으면 좋겠다.

(2014. 봄)

나를 성장시키는 수필
- 나의 작가 노트

수필을 배우다

막내까지 대학에 들어가자 나는 갑자기 시간이 많아졌다. 10여 년 동안 세 아이 도시락 싸며 수험생 뒷바라지에서 헤어나지 못했던 나로서는 자신을 위해 하고 싶은 일을 해 볼 마음의 여유 같은 건 없었다. 그러나 이제 아이들은 내 가시거리에서 떠났고 홀가분한 마음으로 자신을 돌아보게 되었다. 그러던 어느 날 여고 시절의 문학에 대한 갈증이, 다시 혈관을 타고 흐르는 듯한 생동감이 꿈틀거렸다. 친구가 소개한 한국일보 문화센터를 찾아갔다. 어떤 장르인지 구체적으로 알아보지도 않고 그저 '글공부를 하고 싶다'는 갈망만으로 찾아가, 마침 그날 있었던 한 강의를 들었다. 그 강의가 '이정림의 수필반'이었다. 수필 공부를 하리라고는 생각지도 못했는데 선생님의 열정적인 강의에 매료되어 수필 세계에 첫발을 내디디게 되었다. 특히 선생님의 카리스마적이면서도 일목요연한 합평은 더할 나위 없이 수필의 묘미를 느끼게 해 주었다. 처음에는 주로 이론 강의를 듣고 좋은 수필을 읽기에 급급하여 감히 작품을 써 볼 엄두도 내지 못했지만, 여고 시절에 꿈꾸던 문학 공부를 시작하게 된 동기와 심정을 토로한 첫 작품으로 글 한 편(〈다시 찾은 동그라미〉)을 쓰고 나니, 삶의 활기가 봄빛처럼 스며드는 것을 느낄 수가 있었다.

수필 강의를 처음 들을 때만 해도 등단 제도가 있다는 것도 몰랐는데, 몇 편의 글을 쓰고 나서 등단을 하게 되었다. 감히 독자에게 위안을 주는 따뜻한 글을 쓰겠다고 등단 소감을 피력했지만, 막상 '수필가'라는 이름은 나에게 커다란 산으로 다가왔다. 수필 이론을 알아 갈수록 글쓰기는 어렵게만 느껴지니, 등단이 글의 시작이라는 것을 인지하기도 전에 작가다운 글을 써야 한다는 중압감에 원고 청탁이 들어와도 쓸 수가 없었다. 결국 수필반도 그만두었지만, 글에 대한 애착만은 떨치지 못해 몇 년을 헤매기만 하자 선생님이 '집에만 있으면 글이 써지지 않으니 수필반에 꼭 나오라.'는 전화를 주셨다. 나는 선생님의 권유에 힘입어 다시 수필반에 등록했다.

소재를 찾다

먼저 수필을 쓰려면 글감이 될 만한 소재를 찾아야 하는데, 나는 유독 소재 찾는 데 어려움을 많이 느낀다. 소소한 반복된 일상에서도 자신만이 느끼는 메시지를 찾을 수만 있다면 글감이 되지만 내 빈약한 사유로는 주제를 감지하지 못할 때가 많았다. 꽃 한 송이라도 색다른 감동이 오거나 마음속에 간직되어 눈에 밟히면 일단 내 소재 찾기는 성공한 셈이다.

내 졸작 〈지리산 진달래〉로 소재 찾기의 예를 들어보겠다. 이 작품은 내가 지리산을 등반하다가 언젠가 본 6·25 전쟁의 참상을 그린 다큐멘터리 영화가 생각나 남다른 감회에 젖으면서 시작됐다. 그러다 오르막길에서 탄피까지 발견하게 되어 전쟁의 격전지였던 이 산의 모습이 머릿속에 떠올랐고, 천왕봉 정상 가까이 왔을 때는 생각지도 않게 때늦은 붉은 진달래꽃이 무리 지어 핀 것을 발견하면서 소재가 구체화 됐다.

온 산자락이 딴 세상같이 빨갛게 물들어 있었는데 곱고 타는 듯한 붉은 빛깔은 북한산이나 관악산 같은 데의 진달래와는 뭔가 달라 보였다. 찬바람에 꽃잎을 날리며 무슨 한을 담은 듯한 그 모습에서 나는 전쟁이란 비극 속에 수없이 희생된 사람들이 꽃으로 환생한 것 같은 느낌이 들었다. 그들의 넋이 지리산 정상에 꽃으로 피어 세상 소식을 묻혀 들어오는 등산객들을 맞이하고 있는 것은 아닐까. 산에서 내려오고 싶어도 올 수 없었던 사람들, 그러기에 그들의 삶이 더욱 애처롭고 마음 아프다. 때는 오월이 다 가는 봄날이지만 지리산 정상에 곱게 핀 진달래처럼 그들의 혼도 아름답게 승화되어 하늘에 올라갔기를 마음속으로 빌어본다.

핏빛 같은 붉은 모습으로 옹기종기 피어있는 진달래의 애처로운 모습에서 이데올로기의 희생이 된 젊은이의 넋이 꽃처럼 아름답게 승화되어 승천했기를 기원하는 글이다. 이 작품은 초창기의 글이다. 선생님은 주제 의식이 좋아 앞으로도 사유가 깊은 글을 쓸 수 있을 것 같아 기대된다고 용기를 주셨다.

그러나 감동하고 느낌을 받는 일이 자주 일어나는 일이 아니라 소재 찾기는 여전히 어렵다. 언젠가 수필 세미나에서 질문자로 내정되어 소재 찾기의 어려움을 피력했더니, 작가가 어떻게 감동과 느낌만으로 소재를 찾느냐고, 끊임없이 노력하는 작가 정신을 길러야 한다는 해답을 들은 적이 있다. 자신의 태만과 무딘 눈은 생각지 않고 어떤 묘수라도 찾으려는 듯한 어리석은 질문을 했으니, 한 대 맞은 느낌이었다. 글감이 될 만한 소재를 찾을 수 있는 눈을 부단히 갈고 닦아, 새로운 시각으로 접근해야 한다는 사실을 새삼 깨닫게 되었다.

문장을 만들다

나의 경우에는, 소재를 정하면 머릿속으로 구상을 하는 시간이 쓰는 시간보다 많이 걸린다. 전체적인 이야기의 줄거리는 주제의식을 갖고 구성하는데, 대충 주제까지 잡혀야 책상 앞에 앉는다. 작품이 완성될 때까지 나는 오직 글쓰기에 몰입하여 다른 생각은 할 틈이 없다. 밥을 할 때도 길을 걸을 때도 온통 글 생각뿐이다. 그러나 생각하는 것과는 달리 그렇게 쉽게 문장이 이어지지 않을 때가 많다. 문장을 구성할 때는, 내용이 다급하면 짧게 설명이 필요하면 좀 길게 쓰기도 하지만, 주제와 멀어지는 곁가지는 걷어 낸다. 대체로 상황을 설명하기보다는 그대로 보여주고 느낌으로 알 수 있는 글쓰기를 좋아한다. 말하자면 '행복하다'라는 직접적인 표현을 하기보다는 '행복한 모습'을 보여주는 식이다. 자연스럽게 읽히는 문장, 어렵게 썼지만 독자에게는 쉽게 쓴 것같이 느껴지는 수필을 쓰길 원한다. 소재의 내용이 주제를 향해 가는 글의 흐름에 설득력이 있어야 공감이 가는 의미화가 되지 않을까 싶다.

주제를 찾다

졸작 〈파란 화살표〉는 제주도 올레길을 걸으면서 인생을 생각하는 글이다. 실제로 파란 화살표를 따라 여러 가지 형태의 제주도 올레길을 걷다 보니 다양한 인생길이 보이는 것 같았다. 아름다운 들꽃을 들여다보다가 길을 놓치고, 멀리서 보면 길이 있을 것 같지 않은데 돌이 융단처럼 깔린 감동이 가득한 길을 만난 경험, 또한 넓은 아스팔트 길에서 마음 놓고 걷다 보니 화살표가 보이지 않아 왔던 길로 되돌아가서야 겨우 샛길에서 작은 화살표를 찾았던 경험은 인생길과 닮아 있었다.

너무나 당연하게 보이는 길도 내가 갈 길이 아니고, 길처럼 보이지 않는 길에도 길은 나 있었다.

인생길과 닮은 올레길을 걸으며 힘들었던 지난날을 회상하기도 했다.

바닷가 모래사장이 끝없이 펼쳐졌다. 철 이른 해수욕장이라

인적은 없고 성난 파도가 덮쳐 버릴 것같이 달려든다. 등줄기엔 땀이 배고 다리는 무거운데 푹푹 빠지는 모래밭만 이어질 뿐, 사방을 두리번거렸으나 화살표가 보이지 않는다. 방향을 몰라 허둥대다가 문득 모랫길만큼이나 막막하고 힘들었던 지난날을 떠올린다.

결국 〈파란 화살표〉는, 인생의 화살표를 찾고 싶은 인간의 마음을 다룬 것이다.

너무나 숨 가쁘게 돌아가는 세상, 누구나 지름길만을 찾고 내 길이 아닌 곳으로도 거리낌 없이 들어간다. 하지만 살아가면서 중요한 것은 그럴듯하게 보이는 풍경이 아니라, 보이지 않는 나의 길을 안내해 줄 작은 화살표를 찾는 일이 아닐까.
우리의 인생길에도 파란 화살표가 있었으면 좋겠다.

이번에는 〈텃밭을 가꾸다 보니〉를 소개해 보겠다. 이 글은 노년에 들어서서 전원생활을 시작하면서 쓴 글이다. 세속의 욕심을 버리고 들어간 시골에서 막상 텃밭을 가꾸다 보니 점점 텃밭에 대한 욕심이 생겨 초심을 잃게 되더라는 아이러니를 다

루면서, 결국 모든 욕심은 '내 마음에서 시작되는 것'이라는 평범한 진리를 깨닫는 내용이다.

텃밭을 좀 더 잘 가꾸고 싶은 마음은 어쩌면 세속의 때가 묻지 않은 순수한 마음일지도 모른다. 하지만 아무리 순수하게 시작한 마음이라도 과하면 결국 욕심이 되고 집착이 되기 마련이다. 이래서야 도시의 번잡하고 복잡한 마음과 다를 게 무엇일까.

퇴고를 하다

일물일어(一物一語)는, 한 가지 생각을 표현하는 데는 오직 한 가지 말밖에는 없다는 뜻이다. 나는 항상 머릿속에 이 말을 떠올리면서 퇴고를 한다. 퇴고의 기본은 반복해서 읽는 것이다. 소리 내서 읽고 눈으로 읽고 시간을 두고 읽다 보면, 어색한 문장이 반드시 눈에 띈다. 토씨 하나만 바꿔도 다른 글이 되고 자연스러워지는 게 참 신기하고 경이롭다.

좋은 수필을 향하여

내가 좋아하는 수필은 주제가 있는 서정 수필이다. 쉽고 부드럽게, 아름다운 문장으로 쓴 문예적인 글, 읽고 난 뒤 오랫동안 여운이 남는 글이 좋다. 현학적이거나 설명적이지 않고 물 흐르듯 자연스러운 글, 함축과 절제가 있는 글, 묘사가 생생하게 살아 있는 글이 좋다.

또한 나는 철학적이고 사색적인 수필도 좋아한다. 그런 글을 써 보려고 노력도 하지만, 아직 내 얕은 사고(思考)로는 역부족인 것 같다. 본래 수필은 삶을 생각하고 나를 반추하는 문학이기 때문에 글 쓰는 이의 인격과 수양이 드러나기 마련이다. 내가 이토록 수필을 쓰기 힘들어하는 이유도 내 인격과 수양이 너무 모자란다고 느끼기 때문이다. 하지만 다시 생각해 보면, 수필이 사고하는 문학이기 때문에 수필을 쓰면서 나 자신이 성장하기도 할 것이다.

이번에 '작가 노트'를 쓰면서 자연스럽게 나의 수필 작법을 되돌아보고 정리해 보는 기회를 갖게 됐다. 잘못된 습관을 깨닫고 부단히 글을 읽고 쓰다 보면, 언젠간 내 좁은 시야와 생각도 넓어지고 좋은 글을 쓸 수 있게 되지 않을까 기대해 본다.

(2021. 겨울)

겨울냉이처럼 튼튼한 문학의 뿌리

— 전현순 수필집 ≪파란 화살표≫를 읽고

이 정 림

≪에세이21≫ 발행인 겸 편집인 · 수필평론가

1.

세상에 우연이란 없다. 지명을 넘긴 작가가 한국일보문화센터 수필반을 찾은 것은 분명 우연이지만, 이 우연 뒤에는 필연이 있었다. 중학생 때부터 문예반에 들어 아버지가 보시던 잡지 ≪사상계≫와 ≪교육자료≫에 실린 소설과 시를 읽으며 자신도 모르게 문학의 세계로 빠져 들어가던 소녀가 고등학교 2학년 때 문교부에서 주관하는 세종대왕 탄신일 기념 백일장에서 장원을 한 것이다.

그 후로 이 소녀는 수학여행을 갈 돈으로 문학전집을 사서 읽는가 하면, 방과 후 교실에 혼자 남아 어두워지는 줄도 모르고 소설책을 읽는 문학소녀가 되었다. 가정 형편상 대학에 갈 수 없게 되자 마침 K대학에서 우수 학생을 뽑는 특별 전형 백일장에 참가한다. 입상만 하면 장학금도 받고 그 대학에 입학

할 수 있는 특혜도 받을 수 있는 좋은 기회였다. 그러나 꿈은 현실 앞에서 무너져 버렸다. 낙선을 한 것이다.

그 후 소녀는 세 아이를 낳아 키우면서 어느 날은 도시락을 다섯 개씩이나 싸는 전업주부가 되었다. 그러면서도 한편으로는 허허로운 마음이 들었다. "여고 시절의 그 생동감이 가슴에 혈관을 타고 흘러내리는 것 같은 느낌"을 주체하기 어렵게 된 것이다.

나는 용감하게 가방을 메고 문학 강의실 문을 두드렸다. (…) 여고 시절에 그리지 못한 동그라미가 커다란 모습으로 다시 내 앞에 돌아온 것 같은 착각이 들었다. 듣고 싶은 강의를 듣고, 좋은 책을 대한다는 것은 얼마나 바라던 일인가. 돋보기를 걸치는, 지명을 바라보는 나이이지만 나는 꿈을 가꿀 것이다. 내 충만한 삶을 위하여 다시 동그라미를 그릴 것이다.

− 〈다시 찾은 동그라미〉 중에서

〈동그라미〉는 그의 낙선 작품명이다. 그는 지명에 들어서 다시 그 동그라미를 그리기 시작했고, 잊고 있었던 '문원(文園)' 이라는 필명도 되찾을 수 있었다.

2.

사람은 나약하다. 그래서 권능한 어떤 존재에 의지하고 싶어진다. 그 첫 대상이 종교가 아닐까 싶다. 이 작가에게는 종교가 없었다. 그러나 남편이 생사의 기로에 처해 있었을 때 자신도 모르게 하느님을 찾았다. 그리고 스스로 성당 문을 열고 들어갔다. 거기에서 그가 본 것은 희미한 화살표였다. 그 화살표가 가리키는 방향은 자기 자신이 아니라 타인에 대한 관심과 애정이었다. 라파엘라라는 세례명을 받은 후 그는 점차 가난하고 힘없는 사람들을 향한 애정의 시선을 갖게 된다. 자신에게 화살표가 되어 줄 미쁜 사람을 찾는 것이 아니라 타인에게 화살표가 되어 주는 사람들을 통해 세상을 다시 보는 눈을 갖게 된 것이다.

너무나 숨 가쁘게 돌아가는 세상, 누구든 지름길을 찾고 내 길이 아닌 곳으로도 거리낌 없이 들어간다. 하지만 살아가면서 중요한 것은 그럴듯하게 그려 보는 풍경이 아니라, 보이지 않는 나의 길을 안내해 줄 작은 화살표를 찾는 일이 아닐까. 우리의 인생길에도 파란 화살표가 있었으면 좋겠다.

―〈파란 화살표〉 중에서

30대 중반에 만난 아일랜드 선교사, 그는 딸을 여읜 어머니의 장례 미사 예물을 돌려보낸다. 예물은커녕 장례조차 제대로 치르지 못하는 가난한 사람들을 생각한 그에게 그 예물은 너무 컸던 것이다.

우리는 때때로 이웃을 생각지 못하고 나 자신만을 위해서 행동을 한다. 마음이 추운 사람들이 많아지는 요즈음, '이웃에 도움이 되지 않아요', 파란 눈의 신부님의 어눌한 이 한 마디가 내 가슴을 파고든다.

—〈이웃에 도움이 되지 않아요〉 중에서

영등포역 뒷골목, 허름한 빌딩 3층에 요셉의원이 있다. 그곳은 가난하고 소외된 이웃의 눈물을 닦아 주고, 돈이 없어 병원에도 못 가는 사람들을 따뜻하게 치료해 주는 무료 자선 병원이다.

이 병원에 작가는 매주 목요일 점심 봉사를 하러 간다. 그는 여기서 많은 봉사자들을 만난다. 하루 종일 묵묵히 청소를 하는 분들, 술 취하고 더러운 행색으로 밀려드는 환자들의 몸을 정성스레 씻겨 주는 분들, 하루의 일과를 끝내기가 무섭게 달려오는 의사와 간호사들….

봉사자들은 오히려 냉정한 사회로부터 상처받고 쓰러졌던 이들이 다시 세상 속으로 돌아가려고 노력하는 모습을 보면서 하루에도 수십 번씩 감사한 마음이 든다고 했다. 이들이야말로 어두운 밤길에 타인의 발등을 비춰 주는 따뜻한 불빛이자 길을 잃지 않도록 안내해 주는 화살표가 아닌가.

한 달에 한 번 요셉의원에서 돌아오는 길은 언제나 마음이 뿌듯하다. 그런 천사 같은 봉사자들에게 소박한 점심 한 끼를 해 드림으로써 나도 그들의 '고마운 마음' 한 조각을 나눠 받을 수 있어서.

—〈요셉의원 사람들〉 중에서

3.
독일의 시인 노발리스는 "보이는 것은 보이지 않는 것에 접촉되어 있다."고 했다. 대부분 겉으로 보이는 것에 그치고, 보이는 것 뒤에 보이지 않는 무엇이 있음을 깨닫지 못한다. 그러나 이 작가에게는 보이는 것 뒤에 숨겨진 진실을 볼 수 있는 눈이 있다. 깊은 사고와 통찰력이 있는 사람에게만 허여된 능력이다.

흔히 집시라고 하면, 정열적이고 화려한 춤과 뜨거운 태양 아래 정처 없이 유랑하는 낭만적인 삶을 떠올린다. 이 작가 역시 그런 객관적인 시각으로 스페인의 플라멩코 춤을 감상한다. 그러나 춤이 고조에 이르자 마냥 흥겹고 신나던 분위기가 무겁게 가라앉았다. 관객 모두는 긴장한 채 숨을 죽였다. 환호 소리와 웃음소리가 사라진 이유는 무엇 때문이었을까.

현란한 조명의 무대 위에서 울부짖고 노래하는 집시의 춤. 이것은 집시들의 한 많은 삶과 운명에 대한 몸부림이었다. 나는 왜 진작 알아채지 못했을까. 집시들이 그토록 혼신을 다해 추는 춤을 왜 자유와 낭만의 싱징으로만 알고 있었을까.

내일을 기약할 수 없는 떠돌이 삶. 어느 곳에서도 환영 받지 못하고 때로는 침략자의 첩자로 때로는 재앙을 몰고 온 화근으로, 뭇 사람들의 손가락질을 받으며 방랑 생활을 했던 집시들의 끝없이 천대받고 쫓겨 다니는 모습이 그려졌다.

―〈플라멩코의 꿈〉 중에서

집시들의 정열적인 춤을 보면서, 한(恨)과 방랑이 끝나기를 열망하는 그들의 꿈을 읽었다는 것, 그것은 보이는 것 너머에 있는 진실이었다.

반딧불이, 하면 형설지공이라는 교훈적인 사자성어보다 밤
하늘에 날아다니는 그것을 잡으려고 발돋움하던 어린 시절이
먼저 떠오른다. 뉴질랜드 관광에서 반딧불이 동굴을 보러 갈
때 동심으로 돌아가는 듯 얼마나 마음이 들떴던가. 금강석을
박아 놓은 듯 눈이 부신 천장, 총총한 별 무리가 머리 위로 쏟
아져 내릴 것 같은 황홀함. 그러나 그 아름다운 빛은 날벌레를
유인하기 위함이고, 배가 고프거나 산란기에는 더욱 영롱한 빛
으로 먹잇감을 유혹하기 위한 수단이라고 한다. 그 설명을 듣
고 이 작가는 동심에서 후다닥 깨어난다. 높은 천장에서 먹이
를 잡으려고 안간힘을 쓰는 반딧불이의 모습은 곧 생존을 위한
처절한 몸짓이 아닌가.

부서진 동심 너머로 이 작가는 남편을 떠올린다. 남편은 이
작가의 수필 세계에서 많은 비중을 차지하는 소재다. 그만큼
남편에 대한 마음이 깊고 곡진하기 때문일 것이다. "길고 긴
인생길에서 힘들고 어려울 때 서로에게 힘이 되어 줄 수 있는
사람은 부부"(〈행복찾기〉)밖에 없음을 깨달았기 때문일까.

저만치 앞서가는 남편의 희끗거리는 흰머리가 오늘따라 더욱 눈에 띈다. 가장의 위치에서 가족을 이끌고 자식을 낳고 기르는 세상살이에 얼마나 힘들었을까. 동굴 밖으로 나오니 햇빛은 눈부신데 알 수 없는 슬픔이 밀려와 눈시울을 적신다.

-〈반딧불이〉중에서

여성 작가들의 주요 소재는 가족 이야기가 아니면 꽃과 나무, 민속품에 대한 향수가 대부분이다. 그런데 이 작가의 작품 세계에서 놀랍게 발견한 것은 역사의식이었다. 지리산의 붉은 진달래를 보고 전쟁의 비극 속에 수없이 희생된 젊은이들의 환생으로 생각하는 사람은 많지 않을 것이다.

이 작가는 두 번 지리산 등정을 한다. 정상에서 첫 번째로 본 것은 핏빛 진달래였다. 두 번째 올랐을 때 본 것은 연분홍 철쭉꽃이었다. 핏빛이 연분홍으로 변한 이유를 이 작가는 이렇게 풀어내고 있다.

연초록 잎 사이로 바람에 흔들리는 그 꽃잎은 시름을 잊은 듯 말갛게 웃고 있는 것 같았다. 이것은 철쭉이 아니라 모든 한을 풀고 아름답게 승화된 진달래의 또 다른 모습이지 않을까. 붉은

색이 연분홍으로 희석되듯, 남북 간의 두 정상이 오랜 적대 관계를 풀고 악수를 했다. 세월은 조금씩 동족상잔의 아픔을 풀어내려고 애쓰고 있다. 그러다보면 핏빛 같은 상처도 언젠가는 아물 날이 올 것이다.

─〈연분홍으로 핀 진달래〉 중에서

4.

　도연명이 관직을 버리고 고향으로 내려갔듯이, 이 작가는 지금 고향 시골에 집을 짓고 텃밭을 가꾸며 산다. "청운의 꿈도, 생활의 치열함도 비켜 가고, 어느덧 가을이란 인생의 계절"(〈반딧불이〉)에 선 작가가 자연을 찾은 것은 자연스러운 순서같이 여겨진다.

　그러나 자연은 품을 내주되 무욕 또한 가르쳐 준다. 내 것의 집착을 버리고 함께 나누어 가지라는 것을. 또한 아름다움은 혼자만의 소유가 아니라는 것을.

　시골에 내 소유의 집을 지으면 내 집, 내 집 마당, 내 집에서 보이는 모든 풍경이 다 내 것 같은 착각을 하게 된다. 하지만(…) 우리 집 마당의 장미는 내 것일지 몰라도, 장미의 아름다움은 나의 소유가 아닌 것이다.

−⟨미(美)의 소유⟩ 중에서

이 작가에게 '파란 화살표'는 결국 수필이었다. "수필은 진정한 자신을 찾도록 이끌어 주고, 보이지 않던 또 다른 길을 볼 수 있게 인도했으며, 소소한 행복이 곧 홍복임을 가르쳐 준" 스승이지 않은가.

전원에서 보내 올 편지, 그의 수필은 앞으로 더욱 깊고 소박할 것이다. 그의 소박한 글들은 자연처럼 독자의 마음을 정화시켜 줄 것으로 믿는다. 자연을 품은 그의 글들이 기다려진다.

전 현 순
수 필 집

파란
화살표